# Brigitta Rudolf

AF199536

# Tannengrün,

# Lichterglanz

# und

# Katzenschwanz

2

# Brigitta Rudolf

# Tannengrün,

# Lichterglanz

# und Katzenschwanz

Herstellung und Verlag: BoD – Books on Demand, Norderstedt
ISBN: 978-3-7494-9831-4

# Inhaltsverzeichnis

# Weihnachtsbäckerei

Kurz nach dem Krieg, als ich Kind war, da war Weihnachten natürlich auch für uns **das** Fest des Jahres, auf das wir alle uns am meisten freuten! Allerdings waren die Ansprüche an die Geschenke und überhaupt der ganze Aufwand um Weihnachten erheblich geringer. Dafür rückte man näher zusammen und erlebte vieles sicher auch intensiver. So erinnere ich mich noch gut daran, dass es für uns Kinder schon ein Abenteuer war, wenn unser Vater mit meinen Geschwistern und mir dann in den Wald ging um einen Tannenbaum zu schlagen. Wir kannten einen netten Bauern, der besaß eine Tannenschonung und verkaufte auch Bäume. Wir durften uns bei ihm jedes Jahr in einem bestimmten Bereich umsonst einen Baum aussuchen, der dann genau eine Woche vor dem Heiligen Abend geschlagen wurde. Zu der Zeit waren die Winter häufig noch kälter als jetzt und so stiefelten wir alle so manches Mal, von unserer Mutter fürsorglich dick eingepackt, im Schneegestöber los, um nach unserem Christbaum zu schauen. Der spielte in unserem Hause eine wichtige Rolle. Er sollte möglichst groß und gerade, aber auf jeden Fall dicht gewachsen sein. „Struppig", so wünschte Mutter sich unseren Baum, während unser Vater eher dazu neigte, beim Schmücken hier und dort auch schon mal einen Ast herauszunehmen, damit „die Symmetrie wieder stimmte", wie er es nannte. Uns Kindern war die Optik weitestgehend egal. Für uns war die Hauptsache, dass neben den alten Christbaumkugeln und Lametta, das zu der Zeit natürlich nicht fehlen durfte, nicht nur Äpfel und vergoldete Nüsse daran hingen, sondern auch die leckeren Zuckerkringel in genügend großer Zahl vorhanden waren. Denn das Plündern des Baumes, nach den Feiertagen, machte uns Geschwistern am meisten Freude.

Da fast alle Leute damals sehr auf das Geld achten mussten, wurde auch bei uns zuhause gespart wo es nur ging. So hatte eine Nachbarin festgestellt, dass es ratsam war, schon äußerst früh, wenn das Stromnetz nur von wenigen Leuten genutzt wurde, die schon vorbereiteten Backbleche mit den Keksen in den Backofen zu schieben, weil die zu dem Zeitpunkt viel schneller fertig waren, und man mit dieser Methode auf diese Weise wesentlich weniger Strom verbrauchte. Praktischerweise wohnte Mutters beste Freundin Tante Luise, so wurde sie von uns Kindern genannt, in unserer Nachbarschaft. In diesem Jahr hatten die beiden Frauen nun beschlossen das auszuprobieren. Ganz besonders beliebt waren bei uns allen ohnehin die sogenannten „Mühlenkekse", die nach einem uralten Familienrezept gebacken wurden. Den Teig konnte man gut vorbereiten und einige Stunden stehen lassen. Dann wurde der Teig portionsweise durch einen kleinen Fleischwolf gedreht, sodann passend abgeschnitten und auf Bleche verteilt. Diese Art Spritzgebäck gehörte zum Weihnachtsfest auf jeden Fall dazu. Da man ohnehin nicht gleichzeitig den Teig in die Maschine stopfen, weiterdrehen und abschneiden konnte, mussten diese Kekse von zwei Personen gemacht werden. Ab und an hatte meine große Schwester Mutter nach der Schule dabei geholfen, aber in diesem Jahr wollten Mutter und Tante Luise das allein übernehmen. Daher verabredeten sich die beiden Frauen mitten in der Nacht, damit sie sich beide zur Frühstückszeit wieder um ihre Familien kümmern konnten. Ob unser Vater in den Plan eingeweiht war oder nicht, das weiß ich nicht mehr. Auf jeden Fall stand der vorbereitete Teig abgedeckt in der kühlen Speisekammer und wartete dort auf seine weitere Verarbeitung. Wir Kinder wurden natürlich, wie immer, zur üblichen Zeit ins Bett geschickt, schließlich mussten wir ja am nächsten Tag zur Schule gehen und früh wieder aufstehen.

Als wir am nächsten Morgen am Esstisch in der Küche erschienen, wurden wir von einer verschlafenen und fast weinenden

Mutter begrüßt.

„Aber Mutti, was hast Du denn?", fragte meine Schwester sofort.

Mutter schluckte und antwortete: „Ich habe einen Teil unserer Kekse verdorben, tut mir leid."

„Was, es gibt keine Weihnachtskekse in diesem Jahr?", hakte mein Bruder sofort nach.

„Doch, aber etliche davon sind verbrannt. Ich weiß nicht, ob Ihr sie so überhaupt essen wollt", gab Mutter zu.

„Wie ist das denn passiert?", forschte Vater.

„Wir hatten uns um zwei Uhr nachts verabredet, weil wir ja beide unsere Plätzchen fertig backen wollten", berichtete Mutter. „Mit den Blechen von Luise sind wir angefangen und haben meine anschließend in den Ofen geschoben. Da war es schon recht spät, beziehungsweise früh, und wir waren müde. Kurzum, als die letzen Bleche im Ofen waren, sind wir zwei kurz eingenickt. Daher sind unsere Kekse total dunkel geworden. Luise hat mir von ihren

hellen einige abgegeben, aber sie weiß
natürlich auch nicht, ob ihre Familie die
dunklen Plätzchen mag. Notfalls müssen
wir noch einmal einen Backtag
ansetzen", schloss sie mutlos.

„Ach was, so schlimm kann das doch gar
nicht sein", tröstete unser Vater sie und
griff nach einem der dunklen Kekse, die
Mutter zum Testen auf einem kleinen
Tellerchen mit auf den Frühstückstisch
gestellt hatte. Gespannt schauten wir alle
zu wie er kaute. Dann ging ein Grinsen
über sein Gesicht und er sagte: „Also, um
ehrlich zu sein, ich finde sie fast noch
besser als die vom letzten Jahr, Liebes."

„Sagst Du das auch nicht nur um mich zu
trösten?", fragte Mutter erstaunt.

„Nein, bestimmt nicht! Ehrlich, ich finde
sie lecker, sehr sogar!", antwortete mein
Vater.

Daraufhin durften auch wir Geschwister
die Plätzchen probieren. Unsere Meinung
war allerdings geteilt. Mein Bruder
mochte das sehr dunkel gewordene
Weihnachtsgebäck auch, während meine
Schwester den Mund verzog. Mir

schmeckten die verbrannten Kekse ebenfalls so gut, dass es in meiner eigenen Familie seitdem auch nur dunkel gebackene Plätzchen gibt. Darin sind mein Mann und ich uns zum Glück einig.

„Ihr meint also, ich muss nicht noch mal backen?", fragte Mutter erleichtert.

„Nein, für mich ganz sicher nicht", antwortete Vater und nahm sie tröstend in die Arme.

Wie wir später erfuhren, waren die dunklen Kekse auch in der anderen Familie durchaus angekommen, und seither wurde es für meine Mutter und Tante Luise Tradition, dass in jedem Jahr einige Bleche extra länger im Ofen gelassen wurden.

# Stormy

Ich lebe hier mit vielen anderen Pferden und Ponys auf dem Pferdehof Erichsen. Bei uns können Erwachsene und Kinder reiten lernen, und wir nehmen auch jedes Jahr an der Sommerkirmes und dem Weihnachtsmarkt in unserer Stadt teil. Natürlich sind wir die Attraktion für viele Kinder, vor allem für diejenigen, die sonst nicht zu uns kommen können. Reiten ist leider ein teures Hobby. Aber auch für uns sind diese Einsätze an diesen beiden Wochenenden immer sehr anstrengend. Nicht wegen der Kleinen, nein, wenn die auf unserem Rücken sitzen, das macht uns gar nichts aus. Aber dieses eintönige stundenlang nur im Kreis laufen, und das bei Wind und Wetter, das ist wirklich nicht schön. Wenn Bauer Erichsen sich ärgert, weil sein Geschäft an manchen Tagen nicht genug abwirft, wird er grantig, obwohl wir ja nichts dafür können. Ist er in guter Stimmung, bekommen wir ab und zu zwischendurch einen Apfel oder eine Möhre, damit wir auch bei Laune bleiben, aber so ein Tag, der kann trotzdem ganz schön lang werden, deshalb sind wir alle froh, wenn die kleine Manege wieder abgebaut wird, und wir wieder zurück in unseren Stall können. Aber in diesem Jahr hatte ich beim Einsatz auf dem Weihnachtsmarkt ein ganz besonderes Erlebnis.

Es war bitter kalt und schneite. Trotzdem war der Weihnachtsmarkt gut besucht. Ein kleines Mädchen, mit einer lustigen, dicken Wollmütze auf dem Kopf, stand eine Weile vor der Manege und schaute sehnsüchtig zu uns herüber. Ob sie ganz allein dort war? Wir sind etliche Male an ihr vorbeigetrabt, und jedes Mal streckte sie ganz vorsichtig ihre zarte Hand aus, um mich zu streicheln. Mich, Stormy – das habe ich sehr genossen! Ich bin nämlich das jüngste und kleinste Pony der Truppe. Wenn wir warten mussten, bevor es in die nächste Runde ging, ist sie auch zu mir gekommen und hat mich liebkost, aber gesagt hat sie die ganze Zeit über kein einziges Wort. Unser Bauer schaute einige Male schon ganz böse zu ihr hin. Ich hätte sie ja gern auf meinen Rücken klettern und mit reiten lassen, aber wenn die Kinder nicht bezahlen können, dürfen wir sie leider nicht mitnehmen, das weiß ich. Und das kleine Mädchen hatte wohl kein Geld. Aber wenig später stand eine junge Dame neben der Kleinen, und ich dachte, das sei ihre Mama.

„Hier bist Du also, das hätte ich mir ja denken können! Aber Du darfst doch nicht einfach ausreißen. Wir haben uns Sorgen um Dich gemacht und Dich überall gesucht, das weißt Du doch. Möchtest Du denn eine Runde reiten?", fragte die junge Dame und das Mädchen nickte strahlend.

Dann zeigte sie auf mich. Und weil ich zum Glück gerade frei war, konnte ihre Mama sie auch gleich auf meinen Rücken setzen. Als die Runde zu Ende war und ihre Mama sie von meinem Rücken herunterheben wollte, da hat sie sich ganz tüchtig gewehrt und sich an meiner Mähne regelrecht festgekrallt.

„Na gut, dann darfst Du für eine weitere

Runde sitzen bleiben", gab ihre Mama nach, zückte ihr Portemonnaie, holte einige Münzen heraus und gab sie Bauer Erichsen. Aber auch nach der zweiten Runde weigerte sich die Kleine immer noch abzusteigen.

„Schätzchen, das geht nicht, andere Kinder möchten doch auch mal reiten", versuchte die Mama ihr zu erklären.

Dann begann das kleine Mädchen bitterlich zu weinen. Sie tat mir so leid, aber was hätte ich tun können? Schließlich fragte die junge Frau unseren Bauern, ob sie mit ihrer Nichte mal bei uns auf dem Hof vorbeikommen könnte.

„Na klar, jederzeit", gab ihr unser Bauer zur Antwort, kramte eine Karte raus und gab sie ihr. Die junge Dame bedankte sich und versprach der Kleinen, dass sie mich bald wiedersehen würde. Erst dann ließ sie sich widerwillig mit fortziehen. Wir mussten weiter laufen, und an diesem Tag saßen noch viele andere Kinder auf meinem Rücken. Am Ende des Tages waren wir alle sehr müde und richtig froh, als es endlich zurück ging, und wir wieder im Stall waren.

Einige Tage später kam die junge Dame mit meiner kleinen Freundin zu uns auf den Hof. Ich habe sie aber gleich wiedererkannt und sie mich auch. Sie trug wieder die lustige Mütze mit den Troddeln und sah sehr hübsch aus, aber gesprochen hat sie nach wie vor kein Wort. Dann hat die junge Frau Bauer Erichsen erklärt, dass ihre Nichte kürzlich einen schlimmen Schock erlitten hat. Die junge Frau ist nämlich gar nicht ihre Mama, sondern ihre Tante und kümmert sich um Nina, solange ihre Eltern das nicht können. Ihre Mama und ihr Papa sind bei einem Autounfall sehr schwer verletzt worden und liegen beide noch im Krankenhaus. Nina war zwar auch dabei, aber sie hatte Glück und hat nicht viel abgekriegt, nur spricht sie seitdem nicht mehr. Durch mich soll sich das ändern, so hoffen alle.

„Wir sind allerdings keine therapeutische Einrichtung", hat Bauer Erichsen gesagt und sich am Kopf gekratzt; das macht er immer, wenn er nicht so recht weiß was er sagen soll.

„Das ist mir klar, aber Nina war seit dem Unfall so gut wie teilnahmslos. Wie ein kleiner Automat hat sie gegessen, getrunken und sich anziehen lassen. Erst als sie die Tiere gesehen hat, zeigte sie zum ersten Mal wieder eine Regung. Deshalb habe ich die Hoffnung, dass ihr der Umgang mit den Ponys helfen wird!", antwortete ihre Tante.

Und dann haben sie und Bauer Erichsen abgemacht, dass Nina und ihre Tante ab jetzt jeden zweiten Tag zu uns kommen. Deshalb werde ich sie ganz oft sehen. Bestimmt kann ich ihr helfen, und wenn sie das erste Mal meinen Namen sagt, dann werden wir beide sehr glücklich sein, das weiß ich ganz genau!

*

Das war im letzten Winter, wie Ihr ja wisst. Jetzt ist es Sommer geworden, und bald wird die Kirmes wieder stattfinden, aber dieses Mal ohne mich, denn die

Eltern von Nina haben mich Bauer Erichsen abgekauft. Denen geht es zum Glück inzwischen wieder gut. Ich lebe zwar weiterhin hier auf dem Hof, aber jetzt reitet nur noch meine kleine Freundin auf mir. Vorgestern hat sie mir zum ersten Mal meinen Namen ins Ohr geflüstert, etwas stockend und ganz leise, aber ich habe es verstanden. Ich bin sicher, jetzt wird sie auch bald wieder mit den Anderen sprechen.

# Weihnachten in Wien

Anna und ihre Cousine Fanny hatten sich bereits als Kinder bestens miteinander verstanden, und ihre enge Verbundenheit hatte auch angehalten, als Fanny aus beruflichen Gründen nach Wien gezogen war. Zwar sahen sie sich nicht mehr oft, aber zum Glück gab es ja Telefon und auch Emails wurden häufig zwischen ihnen gewechselt. Jetzt war Fanny am Telefon und fragte Anna, ob sie eventuell Zeit und Lust dazu hätte, in der Vorweihnachtszeit für einige Tage nach Wien zu kommen, um auf die Wohnung und vor allem auf ihren Hund, Onkel Albert, aufzupassen.

„Na klar mache ich das!", rief Anna begeistert in den Hörer. „Wann soll ich kommen?"

Fanny war freiberuflich tätig und hatte einen interessanten Auftrag in England an Land gezogen, dafür musste sie allerdings einige Zeit dort vor Ort sein.

„Am besten so schnell es geht, und ich kann Dir leider auch nicht genau sagen, wie lange es dauern wird. Wäre das trotzdem o.k.?", erkundigte sich Fanny vorsichtig bei Anna.

„Ich habe noch so viel alten Urlaub zu bekommen, das sollte kein Problem sein. Es reicht auf jeden Fall, dass ich mindestens bis Weihnachten bei Dir bleiben kann", freute sich Anna. „Ich erkundige mich gleich, wann der nächsten Flug nach Wien geht, werfe schnell ein paar Klamotten in den Koffer und düse los. Ich melde mich, wann Du mich am Flughafen abholen kannst", versprach sie ihrer Cousine.

„Das ist super und hilft mir wirklich sehr. Dieser Auftrag kam so überraschend für mich, damit hatte ich wirklich nicht gerechnet. Die Wohnung könnte ich ja einfach abschließen, aber ich möchte Onkel Albert ungern in eine Tierpension verfrachten."

„Nein, das musst Du auch nicht, ich kümmere mich wirklich gern um ihn, und Wien ist um diese Jahreszeit sicher ganz toll. Ich freue mich wirklich auf ein paar Tage dort. Das wird schon klappen, ich melde mich später noch mal", sagte Anna abschließend und legte auf.

Dann erkundigte sie sich ob und wann im nächsten Flieger nach Wien noch ein Platz zu haben war und rief ihre Chefin an, um ihr die Situation zu erklären. Die war zwar erstaunt, hatte aber nichts dagegen, dass Anna so spontan ihren Resturlaub nahm. Zudem hatte sie selbst einen Hund und daher viel Verständnis für die Nöte von Fanny.

„Viel Spaß in Wien. Die Stadt ist wirklich zauberhaft, ganz besonders jetzt in der Vorweihnachtszeit. Sie werden ihren Aufenthalt dort bestimmt genießen!", hatte ihre Chefin gesagt.

Anna freute sich ebenfalls. Sie und Fanny hatten ohnehin schon einige Male geplant sich in der Adventszeit dort zu treffen, aber bisher hatte das leider nie geklappt. Nun würde sie mit Onkel Albert allein dort sein, aber wenn Fanny zum Weihnachtsfest zurückkehren würde, dann könnten sie eventuell auch noch die Feiertage zusammen verbringen.

„Das ist eine gute Idee", meinte auch

Fanny, als sie ihre Cousine am nächsten Nachmittag vom Flughafen abholte. Dann versicherte sie Anna noch einmal wie dankbar sie ihr sei, dass sie sich hatte freimachen können um ihr aus der Patsche zu helfen.

„Ich soll irgendeinen alten Landsitz umgestalten und modernisieren. Dazu muss ich natürlich erst einmal vor Ort sein und mir alles anschauen. Ich bin wirklich gespannt was mich da erwartet", berichtete sie Anna, als sie im Taxi saßen und zur Fanny´s Wohnung fuhren.

„Das hört sich wirklich interessant an. Vielleicht triffst Du einen charmanten jungen Lord, verliebst Dich in ihn und ziehst womöglich dann ganz nach England", scherzte Anna.

Fanny lachte und meinte: „Na ja, man kann nie wissen!"

Als sie aus dem Taxi stiegen, sahen sie, dass Onkel Albert ihre Ankunft offenbar schon ungeduldig erwartet hatte. An einem der breiten Fenster der großen Altbauwohnung lugte sein braunes

Köpfchen unter der Gardine hervor, verschwand allerdings blitzschnell, als er sein Frauchen und Anna sah. Dann entlohnte Fanny den Taxifahrer, zückte ihren Hausschlüssel, und schon hörten die beiden Frauen hinter der Wohnungstür das laute Begrüßungsgebell von Onkel Albert.

„Er ist nicht gern allein", erklärte Fanny ein wenig verlegen.

„Das macht doch nichts, wir werden uns schon miteinander vertragen", antwortete Anna schnell.

Dann schloss Fanny die Wohnungstür auf, und wie ein Torpedo sprang der kleine Hund begeistert an ihr hoch. Auch Anna wurde von ihm stürmisch begrüßt. Er kannte wohl keinerlei Berührungsängste, sondern mochte Besucher. Offenbar hatte er bisher auch noch keine schlechten Erfahrungen mit Fremden gemacht.

„Du bist ja ein ganz liebes Kerlchen", lachte Anna.

„Ja, das ist er wirklich und ein wahres Temperamentsbündel, wie Du siehst", gab Fanny stolz zurück. „Er wird mir sicher fehlen, aber ich kann ihn wirklich nicht mitnehmen", setzte sie wehmütig hinzu.

„Wir werden uns ganz sicher bestens miteinander vertragen, keine Angst", beruhigte Anna sie.

„Er macht wirklich wenig Probleme, allerdings musst Du darauf achten, dass er Dir nicht ausbüxt, das tut er nämlich gern", meinte Fanny.

Dann erklärte sie Anna wo sie alles Nötige finden würde, und bot ihr wahlweise an in ihrem Bett zu schlafen oder es sich im Gästezimmer gemütlich zu machen. Ihre Koffer standen bereits fix und fertig gepackt im Flur, weil sie einige Stunden später aufbrechen musste. Aber vorher blieb zum Glück noch Zeit für eine adventliche Teestunde, und als sich die beiden Cousinen wenig später in dem gemütlichen Wohnzimmer gegenüber saßen, hatten sie endlich Gelegenheit zu einem kleinen Plausch unter Freundinnen. Fanny entzündete die Kerzen auf dem Adventskranz, goss Anna eine Tasse Tee ein und bot ihr Gebäck an. Onkel Albert hatte sich inzwischen auch beruhigt und neben Fanny niedergelassen. Kurz darauf hörte man sein leises Schnarchen.

„Er ist wirklich süß, und Du hast eine sehr geschmackvoll eingerichtete Wohnung", stellte Anna bewundernd fest.

„Hast Du das etwa vergessen? Das ist doch mein Beruf!", antwortete Fanny, freute sich aber sichtlich über das Kompliment. „Seit Deinem letzten Besuch habe ich mir endlich die Zeit genommen, auch bei mir privat einiges umzugestalten", erklärte sie. „Außerdem habe ich nun endlich einen schönen Platz für einen Christbaum, auch wenn ich allein bin", meinte sie. „Gleich um die Ecke ist eine große Gärtnerei, die verkaufen und liefern Tannenbäume. Sogar frei Haus", erzählte Fanny. „Wenn Du Lust hast, kannst Du den Baum gern recht früh aussuchen und Dir bringen lassen. Vielleicht magst Du ihn ja auch schon schmücken; ich zeige Dir wo der Kasten mit dem Weihnachtsschmuck steht", bot Fanny Anna an. „Ich habe mir gerade neue, champagnerfarbene Kugeln geleistet, die sehen sehr edel aus. Bei der Gärtnerei bin ich Stammkundin, wenn Du sagst, der Baum ist für mich, dann schreiben sie es mit auf meine monatliche Rechnung."

Fanny hatte ein Auge für Farben und auch ein gutes Händchen für ausgefallene Dekorationen fand Anna. So war die breite Fensterbank mit Thujazweigen geschmückt, auf der ihre große Engelsammlung Platz gefunden hatte. Dazwischen standen gläserne Leuchter, die mit cremeweißen Kerzen bestückt und verschieden hoch waren. Ein üppiges Adventsgesteck, in der gleichen Farbe gehalten, stand in der linken Ecke des Raumes. Ein floristisches Meisterwerk und sicher recht teuer, vermutete Anna, aber es war wirklich wunderschön und nadelte trotz der Wärme im Raum noch kein bisschen. Doch, hier würde sie sich sehr wohlfühlen, solange sie hier war. Und auch auf das Weihnachtsfest mit Fanny und Onkel Albert freute sie sich jetzt schon. Ihre Eltern konnte sie schließlich zum Jahreswechsel noch besuchen, sie würden sicher Verständnis haben für ihre Entscheidung in diesem

Jahr das Weihnachtsfest in Wien mit Fanny und Onkel Albert zu verbringen. Dann wurde es für Fanny höchste Zeit aufzubrechen. Sie rief sich ein Taxi, um damit zum Flugplatz zu fahren.

„Pass mir gut auf Anna auf", ermahnte sie Onkel Albert, als sie ihn ein letztes Mal fest an sich drückte, bevor sie schnell hinaus lief.

Hatte Anna sich geirrt oder glitzerte tatsächlich eine winzige Träne in den Augen ihrer Cousine, als sie sich von ihrem Hund verabschieden musste? So ein liebevolles Wesen musste man ganz einfach vermissen, das verstand Anna nur zu gut. Für Beziehungen hatten beide Frauen bisher wenig Zeit gehabt, aber ab und zu vermisste Anna schon einen Partner an ihrer Seite, daher konnte sie gut verstehen, dass Fanny sich Onkel Albert aus dem Tierheim geholt hatte, um nicht allein zu sein. Oft konnte sie ihn ja auch mitnehmen, aber dieses Mal leider nicht.

„Komm mein Süßer, wir beide machen es uns erst mal gemütlich", lockte Anna den

Hund. Der ließ sich zum Glück schnell ablenken, und als sie ihm noch ein Leckerli anbot, war seine Welt ohnehin wieder in Ordnung.

In den nächsten Tagen erkundete Anna Wien, wobei Onkel Albert sie stets begleitete. Es machte wirklich Spaß mit ihm unterwegs zu sein, stellte Anna fest. Sie traf viele nette Leute, mit denen sie schnell ins Gespräch kam, denn Onkel Albert eroberte durch seine drollige Art schnell alle Herzen. Fanny hatte aus England angerufen und berichtet, dass der Besitzer des Landsitzes tatsächlich ein Earl war, noch dazu jung und gutaussehend.

„Nachtigall, ick hör Dir trapsen...", vertraute Anna Onkel Albert an, was den allerdings wenig zu tangieren schien. Jedenfalls fühlte Fanny sich sehr wohl in England und erzählte Anna am Telefon, dass sie ihren Rückflug nicht, wie ursprünglich geplant am zwanzigsten Dezember, sondern stattdessen erst am dreiundzwanzigsten gebucht hatte.

„Ich hoffe, das macht Dir nichts aus, aber Heiligabend bin ich ganz sicher zuhause, um mit Dir und Onkel Albert zu feiern", hatte sie treuherzig zu Anna gesagt.

Anna schmunzelte, sie gönnte Fanny diesen Flirt von ganzem Herzen, zumal sie einen Mitarbeiter der Gärtnerei kennengelernt hatte, der ihr ebenfalls ausgesprochen gut gefiel. Sie war vor einigen Tagen dorthin gegangen, um einen Weihnachtsbaum auszusuchen, worum Fanny sie ja schließlich gebeten hatte. Als sie noch unschlüssig zwischen den geschlagenen Bäumen hin und her schlenderte, riss Onkel Albert sich plötzlich los, stürmte im Galopp auf einen junge Mann zu und sprang laut bellend vor Begeisterung an ihm hoch.

„Onkel Albert, benimm Dich, komm sofort her!", rief Anna erschrocken.

Aber der junge Gärtner winkte ab.

„Lassen Sie nur, wir beide kennen uns, und ich mag ihn", beruhigte er Anna, während er dem Hund das Köpfchen tätschelte und ein Leckerli für ihn aus der Hosentasche zog. Dabei grinste er schelmisch und stellte sich mit den Worten vor: „Ich bin Martin. Onkel Albert und ich sind gute Freunde!"

„Ich heiße Anna und komme aus Deutschland. Fanny ist meine Cousine. Sie hat einen Auftrag in England bekommen, daher passe ich auf die Wohnung und Onkel Albert auf", erklärte Anna.

„Wirst Du zu Weihnachten noch hier sein?", erkundigte Martin sich.

„Ja, so ist es geplant", gab Anna zurück.

„Wie schön, dann werden wir uns ja hoffentlich noch öfter sehen!", sagte Martin. „Wenn Du magst, zeige ich Dir gern die Stadt, und das ist ganz sicher nicht das Wien, das die Touristen zu sehen bekommen", schlug er vor.

Anna nickte. Dieser junge Mann war ihr auf den ersten Blick sympathisch, und wenn sogar Onkel Albert ihn mochte, war das sicher in Ordnung. Dann half Martin ihr einen passenden Baum auszusuchen und versprach, ihn am nächsten Vormittag persönlich bei ihr abzuliefern. Das war ihre erste Begegnung gewesen, der noch mehrere gefolgt waren. Inzwischen waren sie und Martin sich näher gekommen. Wie sich herausstellte, arbeitete Martin in der Gärtnerei nur vorübergehend, um sein Studium zu finanzieren. Im nächsten Sommer hatte er ohnehin ein Semester in Deutschland geplant.

„Ich werde mir eine Uni in Deiner Nähe suchen, dann können wir uns öfter sehen", hatte er Anna versprochen.

Auch Fanny war bei ihrer Rückkehr von der Entwicklung der Dinge recht angetan, zumal sie sich in England ebenfalls verliebt hatte.

„Die Weihnachtszeit hat eben einen ganz speziellen Zauber!", stellte sie fest, und Anna nickte strahlend, während Onkel Albert fröhlich zwischen ihnen hin und her hüpfte. Offenbar konnte er sich in dem Moment noch nicht so recht entscheiden, welche der beiden Damen er denn nun lieber als sein Frauchen ansehen sollte.

# Das Weihnachtsfenster

Meister Ekkehardt hatte ein Problem. Der oberste Landesherr, Herzog Carl-August, hatte ihn gleich zu Beginn des Jahres aufgesucht und ihm seinen Wunsch mitgeteilt, zum nächsten Weihnachtsfest für die Kapelle seiner Lieblingsresidenz ein neues Kirchenfenster zu entwerfen. Seine junge Gemahlin, die Herzogin Reglindis, hatte zudem am Heiligen Abend Geburtstag, und da Herzog Carl-August sie über alles liebte, wollte er sie zu diesem Anlass mit einem ganz besonderen Geschenk überraschen. Nachdem er fort war, setzte sich Meister Ekkehardt erst einmal an seinen Zeichentisch und überlegte. Genaue Angaben hatte Herzog Carl-August nicht gemacht, er wollte dem Künstler weitestgehend freie Hand lassen, aber gerade das erleichterte ihm diesen Auftrag keineswegs fand Meister Ekkehardt. Herzog Carl-August war ein guter Landesherr, und er würde ihn bestimmt auch entsprechend entlohnen, da war er sicher, allerdings konnte der Herzog sehr unangenehm werden, wenn er mit einer Auftragsarbeit nicht zufrieden war, das wussten ebenfalls alle die für ihn arbeiteten. So gingen einige Wochen ins Land, bis Meister Ekkehardt beim Herzog um eine Audienz bat, weil er ihm die allerersten Entwürfe für das neue Kirchenfenster zeigen und die Meinung des Herzogs dazu hören wollte, denn wenn ihm seine ersten Skizzen nicht gefallen sollten, dann musste er sich etwas anderes einfallen lassen.

Als Meister Ekkehardt dann vor seinem Auftraggeber stand, zog er mit klopfendem Herzen die Mappe hervor und zeigte ihm seine Entwürfe. Der Herzog sah sich die Blätter an und schwieg zunächst eine ganze Weile. Währenddessen wurde es dem armen Kirchenmaler immer unbehaglicher zumute. War er doch zu weit gegangen, indem er der Madonna die Züge der Herzogin Reglindis gegeben hatte? Womöglich würde ihr Mann das nicht als

Huldigung, sondern als Blasphemie empfinden. Schließlich sah Herzog Carl-August hoch und sagte bewegt: „Das ist eine Eurer besten Arbeiten, Meister Ekkehardt. Ich bin mehr als zufrieden!"

Erleichtert begann der Künstler dem Herzog zu erklären in welcher Anordnung er die Bilder zusammenstellen wollte. Der mittlere Teil des Fensters sollte die Mutter Maria mit dem Jesuskind zeigen. Das blonde Kind lag, in ein weißes Tuch gehüllt auf Stroh, und seine Mutter kniete lächelnd davor. Über ihr wölbte sich ein dunkler Himmel, an dem etliche Sterne blinkten. Der größte unter ihnen warf seine Strahlen direkt auf das göttliche Kind. Oberhalb dieser Szene war das Fenster dreigeteilt. In der Mitte knieten einige Hirten mit ihren Schafen, die gekommen waren, um das neugeborene Kind anzubeten. Links neben den Hirten sah man einen verschneiten Wald, in dem das Lieblingspferd des Herzogs dem Betrachter entgegen zu traben schien. Und auf der rechten Seite saß die hübsche cremefarbene Lieblingskatze der jungen

Herzogin direkt neben einem großen Tannenstrauß. Dieses Tier war so gut wie immer in der Nähe der Herzogin anzutreffen. Sie hatte es als kleines Kätzchen aus ihrer Heimat mitgebracht, als sie Carl-August ehelichte. Zu beiden Seiten des Mittelteils hatte Meister Ekkehardt ein winterliches Bild einer anderen Besitzung der Herzogsfamilie, sowie deren Jagdschloss platziert. Der untere Teil des Fensters war wiederum dreigeteilt. Die rechte Seite zeigte eine kleine Jagdszene mit einem Hirsch, der von einem Rotkehlchen umflattert wurde. Für den Mittelteil hatte Meister Ekkehardt eine dicke, brennende Weihnachtskerze gezeichnet, die auf Tannengrün und Ilexzweigen stand. Daneben sah man eine vergoldete Weihnachtsglocke, die mit einem roten Band an den grünen Zweigen befestigt war. An der linken Ecke schließlich hatte der Maler zwei spielende Jagdhunde aus der Meute des Herzogs abgebildet. Insgesamt bestand das neue Kirchenfenster aus neun einzelnen Motiven.

„Wie lange werdet Ihr wohl für die Fertigstellung des Fensters brauchen?", fragte der Herzog Meister Ekkehardt.

„Bis das komplette Fenster fertig ist, werden sicher einige Monate vergehen, aber bis zum nächsten Weihnachtsfest kann ich es schaffen", versprach Meister Ekkehardt dem Herzog, und der nickte zufrieden.

„Denkt aber bitte daran, dass es eine Überraschung für meine Gemahlin sein soll", erinnerte Herzog Carl-August den Kirchenmaler.

Dieser verbeugte sich und antwortete: „Gewiss, wie könnte ich das vergessen!"

So verging die Zeit, und wie versprochen konnte Meister Ekkehardt mit seinen Gehilfen das neue Fenster einige Tage vor dem Heiligen Abend hinter dem Altarraum in der Kapelle einsetzen. Als die letzten Sonnenstrahlen durch die bunte Scheibe fielen, glühten die Farben des neuen Kirchenfensters regelrecht auf. Natürlich hatten alle die Arbeit ihres Meisters verfolgt, aber das fertige Fenster nun endlich an seinem Platz zu sehen, das war etwas ganz Besonderes. Auch die Mitglieder des Hofstaates waren ergriffen, als sie das neue Fenster zum ersten Mal anschauen durften. Gespannt wartete Meister Ekkehardt vor allem auf das Erscheinen des herzoglichen Paares. Was würde die Herzogin dazu sagen? Als Reglindis am Heiligen Abend dieses wundervolle Geschenk ihres Mannes sah, vergoss sie vor Rührung einige Tränen.

„Ich danke Euch von Herzen, lieber Meister Ekkehardt, da habt Ihr Euch selbst übertroffen", lobte sie ihn und reichte ihm huldvoll ihre Hand. Das war eine besondere Ehre für den Künstler, der sich tief vor ihr verneigte.

Das Herzogenpaar war bis dahin kinderlos geblieben, allerdings hatte die alte Amme, die seit der Hochzeit ihrer Herrin mit Carl-August mit an seinem Hofe lebte, ihrer Herrin vor einigen Tagen die Vermutung bestätigt, dass sie jetzt endlich guter Hoffnung sei. Das war ihr ganz besonderes Weihnachtsgeschenk für ihren Ehemann, dem auch sie von Herzen zugetan war. Wenn die offiziellen Festlichkeiten dieses Tages vorüber waren, wollte sie sich ihm anvertrauen. Wie glücklich würden beide sein, wenn sie endlich ein eigenes Kind in ihren Armen halten konnten.

# Die Schneekugel

Vor zwei Jahren war Samira mit ihrer Familie nach Deutschland gekommen, weil ihre Eltern meinten, dass sie in ihrem Heimatland Syrien nicht mehr gut leben konnten. Zu Anfang war es eine schwere Zeit für alle gewesen, aber nun hatten sie eine kleine Wohnung bekommen, der Vater hatte eine Arbeit gefunden, und Samira ging zur Schule. Ihre Eltern hatten ihr erzählt, dass sie wahrscheinlich nie mehr in ihre Heimat zurückkehren könnten, auf keinen Fall aber solange dort Krieg herrschte. Jetzt war Deutschland ihre Heimat. Aber alles hier war ihr so fremd. Trotzdem bemühte Samira sich nach Kräften vor allem die deutsche Sprache zu lernen. Ihr Vater sprach ohnehin mehrere Sprachen, daher konnte er auch Deutsch. So hatte er zuhause schon damit begonnen, es auch seiner Frau und seiner Tochter beizubringen. Zunächst hatten die deutschen Kinder Samira ein wenig schief angesehen, aber ihre Tischnachbarin Carmen war sofort sehr nett zu ihr gewesen. Inzwischen waren die beiden unterschiedlichen Mädchen aber sehr gute Freundinnen geworden, und Samira war daher oft bei Carmen zuhause zu Besuch. Ihre Freundin Carmen hatte Samira auch von dem Fest erzählt, das für die Kinder hierzulande wohl das größte im ganzen Jahr war – Weihnachten. In den Wochen vor dem großen Tag wurden alle Häuser festlich geschmückt, und in der ganzen Stadt erstrahlten die Schaufenster der Läden in weihnachtlichem Glanz. Vor allem die Kinder hofften, dass es in diesem Jahr einmal wieder weiße Weihnachten geben würde. Carmen hatte Samira eine hübsche Schneekugel gezeigt, die sie ganz besonders liebte. Unter der großen Glaskuppel sah man ein kleines Dorf im Schnee, und wenn man die Kugel schüttelte, dann wirbelten vom Boden her dicke Schneeflocken auf die Szenerie. Diese Schneekugel faszinierte Samira. Immer, wenn sie bei Carmen zu Besuch war, bat sie darum sie anschauen und ein oder zwei Mal schütteln zu dürfen. So etwas Schönes hatte sie noch nie gesehen. Für Samira und ihre Eltern bedeutete das christliche Weihnachtsfest natürlich gar nichts, aber trotzdem lauschte sie sehr gern Carmen´s begeisterten Erzählungen darüber, welche Herrlichkeiten sie und ihre Familie zu Weihnachten erwarteten. Eine Tanne sollte ins Haus geholt und geschmückt werden, Oma und Opa würden zu Besuch kommen, und es gab tagelang ganz besonders gutes Essen.

„Und viele Süßigkeiten und Geschenke, die kriege ich auch zu Weihnachten!", hatte Carmen aufgeregt berichtet.

Samira freute sich vor allem auf die Schulferien zu diesem Anlass. Bei ihr zuhause würde in diesen Tagen bestimmt kein großer Weihnachtsbaum stehen, und Geschenke gab es für sie auch nicht, soviel war klar. Ein wenig beneidete sie ihre neue Freundin schon um dieses Weihnachtsfest.

„Aber Du kannst mich doch auch in den Ferien besuchen und zum Spielen zu mir kommen", lud Carmen sie ein.

Das versprach Samira nur zu gern. Und

sie freute sich sehr, als Carmen am zweiten Weihnachtstag bei ihr klingelte und fragte, ob sie an diesem Nachmittag zu ihr kommen dürfe. Da ihre Eltern nichts dagegen hatten, waren die beiden Mädchen wenig später auf dem Weg zu Carmen´s Elternhaus.

„Was hast Du denn zu Weihnachten bekommen?", erkundigte Samira sich bei ihrer Freundin.

„Ein paar neue Spiele, die können wir gleich ausprobieren. Dann noch etwas zum Anziehen und dazu sogar einen Kinogutschein von Oma und Opa", berichtete Carmen vergnügt.

„Toll!", fand Samira.

Sie freute sich für Carmen. Und als sie das große Wohnzimmer der Familie Hartwig betraten, saßen außer ihren Eltern auch Carmen´s großer Bruder und ihre Großeltern dort auf dem Sofa. Die Lichter an dem hohen, festlich geschmückten Tannenbaum leuchteten und Carmen´s Vater hatte den Kamin angezündet.

„Das ist meine Freundin Samira. Sie kommt aus Syrien", stellte Carmen sie ihren Großeltern vor.

Alle begrüßten Samira herzlich, und Carmen´s Mutter sagte: „Da unter dem Tannenbaum liegt noch ein verpacktes Geschenk. Sollten wir das etwa vergessen haben? Bitte Samira hol es doch einmal her."

Gehorsam ging Samira zu dem Baum, bückte sich und nahm das Päckchen hoch. Darauf las sie ihren Namen. Konnte das denn sein? Etwas unsicher übergab sie es Carmen´s Mutter. Die lächelte und meinte: „Du hast doch sicher schon gesehen, dass Dein Name darauf steht oder? Nimm es nur, es ist für Dich!"

Samira wusste gar nicht was sie sagen sollte, aber Carmen kannte solche Hemmungen nicht, sondern stupste ihre Freundin an und forderte: „Nun mach es schon auf!"

Sehr vorsichtig löste Samira das Geschenkband und wickelte das Päckchen aus. Eine unscheinbare Pappschachtel kam zum Vorschein, und als sie die öffnete, wurden ihre Augen groß vor Staunen, und ein Strahlen glitt über ihr ernstes Gesicht. Die Schachtel enthielt eine Schneekugel, ganz ähnlich der von Carmen.

„Genau die gleiche Kugel konnten wir leider nicht bekommen, aber ich hoffe, diese gefällt Dir auch!", sagte Carmen´s Mutter liebevoll.

„Oh ja, danke! Vielen Dank, ich freue mich sehr!", brachte Samira endlich heraus. Dann sah sie sich ihre eigene Schneekugel genauer an. Statt einer Landschaft stand ein dicker Schneemann darin und lachte ihr entgegen. Ihm zu Füßen lagen einige bunt verpackte Geschenke. Vorsichtig schüttelte Samira die Kugel, und sofort stand der Schneemann im dichten Flockengestöber. Befriedigt sah Carmen ihr dabei zu.

„Schön, dass Du Dich freust, aber komm, jetzt wollen wir eines meiner neuen Spiele ausprobieren!", forderte sie ihre Freundin auf.

Samira nickte und bedankte sich noch einmal bei Carmen´s Eltern, bevor sie mit ihrer Freundin eilig in deren Zimmer verschwand. Ganz leise und langsam stieg so etwas wie ein heimatliches Gefühl in ihr auf. Vielleicht war es am Ende doch gar nicht so schlecht, dass ihre Eltern mit ihr nach Deutschland gegangen waren, fand sie.

# Der doppelte Nikolaus

Theo Weinrich war mit Leib und Seele Mitglied des örtlichen Sportvereins schon viele Jahrzehnte lang. Etliche Zeit hatte er auch das Amt des Kassenwartes inne gehabt. Schließlich hatte er bis zu seiner Pensionierung als Buchhalter gearbeitet; wenn einer mit Geld umgehen konnte, dann er. Seine Abrechnungen stimmten immer auf Heller und Pfennig. Seine allergrößte Stunde aber schlug jedes Jahr, wenn er am sechsten Dezember zur Adventsfeier des Vereins den Nikolaus spielen durfte. Es ging doch nichts über gläubige und staunende Kinderaugen, wenn der Nikolaus seinen Sack öffnete und für jedes Kind eine Tüte mit Keksen und Süßigkeiten hervor holte, fand er. Auf diesen Auftritt freute er sich schon Monate in voraus. Ab und zu, wenn mal wieder Ebbe in der Vereinskasse war, hatte er sogar selbst einen größeren Schein dazu beigesteuert, damit die Bescherung wie gewohnt ablaufen konnte. Achtzig war er im letzen Sommer geworden, und zu diesem Anlass war eine Delegation des Sportvereins bei ihm aufgetaucht, um ihm zu gratulieren. Bei dieser Gelegenheit hatten ihm die Anderen nahe gelegt, die Rolle des Nikolaus in Zukunft doch lieber einem anderen Vereinsmitglied zu überlassen. Selbstverständlich hatte er diesen Vorschlag empört von sich gewiesen! Hatte er den Nikolaus nicht immer gut gespielt? Doch natürlich, beeilten sich die Vereinsbrüder ihm zu bestätigen, aber er sei ja nun nicht mehr der Jüngste und sollte sich besser ein wenig mehr Ruhe gönnen. Aber damit mochte Theo Weinrich sich ganz und gar nicht abfinden, und er weigerte sich sogar rundheraus, das Nikolauskostüm heraus zu rücken. Seitdem war er auch nicht mehr zu den Vereinssitzungen gegangen. Aber nun war der Dezember gekommen, und er wollte sich keinesfalls so einfach aufs Abstellgleis schieben lassen, das hatte er sich vorgenommen. Seine Frau war leider vor einigen Jahren gestorben, Kinder hatten sie nicht, und so hatte er niemanden mehr, mit dem er über diese Sache reden konnte. Schon Anfang Dezember hatte er reichlich Apfelsinen, Plätzchen und Süßigkeiten gekauft und damit die bunten Tüten gefüllt. Sicher waren es viel zu viele, aber das war immer noch besser als zu wenige, fand er. Schließlich sollte keines der Kinder leer ausgehen.

Am sechsten Dezember packte er die Tüten in einen Sack und zog sein Nikolauskostüm an. Zufrieden betrachtete er sich im Spiegel. Dann machte er sich auf den Weg. Ein Blick in eines der Fenster des Vereinsheimes zeigte ihm, dass auch in diesem Jahr alle wieder vollzählig versammelt waren. Gut so, dachte er. Und dann klopfte er mit seiner Rute an eines der Fenster, bis ein Kind auf ihn aufmerksam wurde. Schnell liefen alle zurück auf ihre Plätze und erwarteten ihn. Er klopfte noch an zwei weitere Fenster und trat schließlich ein. Dann begrüßte er die Eltern und ihre Sprösslinge und fragte mit verstellter Stimme, ob sie auch alle brav gewesen waren. Ein vielstimmiges, lautes Ja erscholl. Zufrieden nickte der Nikolaus und fragte dann, ob eines der Kinder ihm auch ein Gedicht aufsagen könne. Zunächst war Stille im Saal, bis endlich ein kleiner Junge vorsichtig sein dünnes Ärmchen hob und wisperte: „Wir haben gerade das Gedicht vom Knecht Ruprecht in der Schule gelernt. Das kann ich noch nicht ganz auswendig, aber auf jeden Fall den Anfang..."

„Dann lass mal hören", antwortete der Nikolaus mit einem Lächeln.

So ermutigt stand der Kleine auf und fing an zu zitieren: „Von drauß vom Walde komm ich her, ich muss Euch sagen, es weihnachtet sehr..."

In diesem Moment ging die Tür des großen Saales erneut auf, und ein zweiter Nikolaus trat ein. Der sah dem ersten zum Verwechseln ähnlich. Er trug ebenfalls ein weiß-rotes Kostüm und hatte sowohl die Rute, als auch einen großen Sack dabei.

„Was ist denn hier los?", mit diesen Worten polterte er ins Zimmer.

Alle drehten erschrocken die Köpfe um,

und einige kleinere Kinder begannen sogar zu weinen. Gleich zwei Nikoläuse? Das hatte es doch noch nie gegeben. Der erste Nikolaus drehte sich um und donnerte mit lauter Stimme: „Was machst Du denn hier? Du musst Dich im Veranstaltungsort geirrt haben, hier bin ich zuständig!"

„Das kann nicht sein!", gab der zweite Nikolaus frech zurück und fragte dann: „Theo? Wir hatten Dir doch abgesagt, warum hast Du Dich nicht daran gehalten?"

„Weil ich mir das nicht gefallen lasse – ich war und bin eben der richtige Nikolaus. Verschwinde, Du Ersatzmann!"

Alle blickten gebannt auf das kleine Grüppchen, und keiner der Gäste wagte es, den Mund aufzumachen. Inzwischen war der Vereinsvorsitzende aufgestanden und zu den beiden Nikoläusen getreten.

„Theo, bitte sei vernünftig", beschwor er ihn.

„Nein, ich will heute die Kinder beschenken und das tue ich auch – basta!"

„Aber..."

„Kein Aber!", gab der erste Nikolaus zurück und begann seinen großen Sack aufzuknüpfen und ging auf den Jungen zu, der damit begonnen hatte, ihm das Gedicht aufzusagen.

„Das hast Du prima gemacht, mein Junge. Deshalb bekommst Du auch das erste Geschenk von mir."

Der Vereinsvorsitzende und der zweite Nikolaus standen hilflos daneben, während die Kinder auf den ersten Nikolaus zustürmten, der einem nach dem anderen seine Tüte überreichte. Und endlich hatten alle ihre Gaben erhalten.

Dann wandte sich der Nikolaus noch einmal an seinen Doppelgänger und sagte: „Im nächsten Jahr können wir über alles reden, Du weißt doch wo ich wohne, nicht wahr?"

Dann verabschiedete er sich von den Kindern, bat sie weiterhin lieb und artig zu sein und ging.

Als die Tür hinter ihm zufiel, fand der Vereinsvorsitzende seine Fassung wieder zurück und kündigte an: „Da wir ja nun in diesem Jahr das unglaubliche Glück haben, dass, durch eine Verwechslung im Himmel, gleich zwei Nikoläuse bei uns erschienen sind, dürft Ihr Euch alle noch einmal eine Tüte abholen."

Das ließen die Kinder sich natürlich nicht zwei Mal sagen. Alle liefen noch einmal zu dem neuen Nikolaus, der inzwischen ebenfalls seinen schweren Sack für sie geöffnet hatte, um die mitgebrachten Gaben zu verteilen. Als auch das letzte Kind eine zweite gefüllte Tüte vom Nikolaus entgegengenommen hatte, bestimmte der Vereinsvorsitzende:„Zum Dank singen wir alle jetzt aber noch ein schönes Lied!"

Kurz darauf ertönt laut die Melodie: „Schneeflöckchen, Weißröckchen...", und während alle noch sangen, schulterte der zweite Nikolaus ebenfalls seinen nun erheblich leichter gewordenen Sack und verschwand. Natürlich fanden alle Kinder den Auftritt der beiden Nikoläuse prima, und einige größere Geschwisterkinder ahnten sicher auch was es mit dieser Geschichte auf sich hatte. Aber mit Theo Weinrich würde der Vereinsvorsitzende auf jeden Fall noch einmal über diesen Nachmittag reden müssen, das stand fest!

# Die neuen Schlittschuhe

Agnes hatte zum Nikolaustag neue Schlittschuhe erhalten. Bis dahin hatte sie sich mit den abgelegten ihres großen Bruder begnügen müssen, aber da ihre Begeisterung für diesen Sport nicht nachgelassen hatte, sondern im Gegenteil immer größer wurde, hatte sie nun endlich ein eigenes Paar bekommen. Seither kurvte sie jeden Tag mehrere Stunden auf dem großen Ententeich herum, der sich auf dem Gelände des elterlichen Bauernhofes befand. Sie sah sich in ihren ehrgeizigen Träumen schon als künftige Eiskunstläuferin, und tatsächlich wurden ihre anfangs so ungelenken Versuche, sich auf den Kufen zu halten, täglich besser.

„Setz dem Kind bloß nicht solche dummen Flausen in den Kopf", hatte ihr Vater kopfschüttelnd gesagt, als ihre Mutter ihm erzählt hatte, wie wichtig Agnes diese Stunden inzwischen geworden waren. Noch war es ja Winter, aber wenn sie auch im Sommer weiterlaufen wollte, dann mussten sie in die Eishalle in der Stadt fahren. Außerdem waren solche Trainerstunden unter fachkundiger Anleitung ganz gewiss teuer, befürchtete der Vater.

„Aber, wenn sie doch echtes Talent hat..." wagte ihre Mutter dann schüchtern einzuwenden, wurde aber von ihrem Mann rigoros unterbrochen, indem er sagte: „Abgesehen davon, dass wir für solche Sachen kein Geld übrig haben, denk doch mal daran wie kurz eine solche Karriere meistens ist. Und was ist, wenn sie sich dabei verletzt? Nein, nein, als Hobby im Winter ist das ja gut und schön, aber mehr sollte es nicht werden!"

Agnes kannte seine Einstellung, aber das störte sie nicht weiter. Sie wollte derzeit nur laufen, laufen, laufen. Alles Weitere würde sich finden. So hatte sie auch an diesem Nachmittag, gleich nachdem sie ihre Schularbeiten gemacht hatte, ihre Schlittschuhe geschultert und war zum Ententeich gegangen. Es war ein unfreundlicher, diesiger Tag und laut Wetterbericht sollte es auch bald wärmer werden. Schade fand sie das, denn wenn der Teich nicht mehr sicher war, erlaubten ihre Eltern ihr ganz bestimmt nicht, weiter darauf herum zu laufen. Als sie das Eis betrat, knirschte und knackte es schon ein wenig, aber es schien noch zu halten. Also wurde sie mutiger und lief weiter, drehte ihre Runden und versuchte hin und wieder sogar einige Pirouetten. Die gelangen ihr noch nicht so gut, fand sie. Ganz in sich und ihre Träume versunken lief sie weiter. Plötzlich strauchelte sie und stürzte. Da war offenbar eine kleine Unebenheit im Eis, die sie nicht gesehen hatte. Sie versuchte sofort wieder aufzustehen, sank aber mit einem Schmerzenslaut zurück aufs Eis. Verflixt, hatte sie sich etwa den Knöchel verstaucht oder Schlimmeres? Sie wartete einen kurzen Augenblick und versuchte erneut auf die Beine zu kommen, aber leider wieder vergeblich. Schließlich begann sie damit, auf allen Vieren in Richtung des Ufers zu kriechen. Auch das fiel ihr sehr schwer.

Währenddessen war ihre Mutter vom Stall

wieder ins Haus gekommen, und als sie die Küche betrat, kam ihr Arthur, der Hofhund, schon laut bellend, und heftig mit dem Schwanz wedelnd, entgegen. Arthur war ein älterer Herr, der im Winter am liebsten in seinem Körbchen neben der Heizung schlief. Was hatte der Hund nur? Er gab keine Ruhe und lief immer wieder zur Tür. Wollte er bei der Kälte und dem Nieselregen womöglich doch noch einmal raus? Schließlich öffnete sie ihm die Terrassentür nach draußen, aber das Tier beruhigte sich dennoch nicht, sondern lief weiterhin bellend auf und ab, gerade so als ob er ihr etwas zeigen wollte, dachte sie. Seufzend griff sie nach ihrer Strickjacke und folgte ihm. Sobald Arthur das begriffen hatte, rannte er los. Er schlug geradewegs den Weg zum Ententeich ein. Nun erst fiel ihr auf, dass es bereits dunkel zu werden begann und sie ihre Tochter nicht mehr gesehen hatte, seitdem sie vorhin zum Schlittschuhlaufen aufgebrochen war. Allerdings hatte ihre Mutter gedacht, dass Agnes sich in ihrem Zimmer aufhielt. Plötzlich erfasste sie eine böse Ahnung, und sie beschleunigte ihre Schritte, um mit Arthur mithalten zu können, der weiterhin bellend vor ihr her rannte. Hätte ich doch nur eine starke Taschenlampe mitgenommen, dachte sie. Dann waren sie am Ententeich angelangt, und Arthur lief ohne zu zögern auf die Eisfläche. Dann blieb er keuchend stehen und schnupperte. In diesem Moment sah die Mutter, dass ihre Tochter dort am Boden lag und sich nicht mehr rührte.

„Agnes, Kind, was ist denn passiert?", rief sie, indem sie vorsichtig das Eis betrat. Es knackte inzwischen ganz beträchtlich, und wenn es brach, dann wäre es für sie alle zu spät gewesen, das wusste sie. Aber es hielt. Ganz langsam, Schritt für Schritt, tastete sie sich weiter, bis sie Agnes erreicht hatte. Sie schien sich verletzt zu haben und ohnmächtig geworden zu sein, aber Arthur leckte ihr mit seiner rauen Zunge unablässig tröstend über das Kindergesicht. Und endlich schlug Agnes die Augen auf.

„Mama", brachte sie heraus.

„Arthur ist unruhig geworden, deshalb bin

ich gekommen. Kannst Du Dich an mir festhalten? Wir müssen dringend ins Haus", sagte sie und hob ihre Tochter, so gut sie konnte, hoch. Wieder stöhnte Agnes vor Schmerzen. Aber es half ja nichts, darum konnte sie sich später kümmern, jetzt mussten sie erst ans Ufer kommen. Mit Mühe und Not schafften sie es, und als sie endlich wieder festen Boden unter den Füßen hatten, waren Agnes und ihre Mutter sehr erleichtert. Zum Glück war es nicht weit bis zum Haus, und als sie wenig später endlich wieder in der warmen Küche anlangten, war inzwischen auch der Vater ins Haus gekommen. Der rief sofort ihren Hausarzt an, der versprach gleich zu kommen, während Agnes von ihrer Mutter aus den nassen, schmutzigen Kleidern geschält und ins Bett gesteckt wurde.

„Arthur hat mir Bescheid gegeben, der muss eine Belohnung haben!", erzählte sie ihrem ungläubigen Ehemann. Wer weiß, was ohne ihn geschehen wäre. Sie machte sich die allergrößten Vorwürfe, weil sie nicht zuerst nach Agnes geschaut hatte, als sie von der Stallarbeit ins Haus gekommen war. Als der Doktor Agnes untersucht hatte, stellte er fest, dass sie bei ihrem Sturz eine äußerst heftige Prellung erlitten hatte. Außerdem war sie stark unterkühlt, weil sie eine ganze Weile auf dem Eis gelegen hatte.

„Wir wollen hoffen, dass Du Dir dabei nur eine starke Erkältung und keine Lungenentzündung eingefangen hast", meinte er.

Dann ordnete er strikte Bettruhe an, stellte ein Rezept aus und versprach morgen wieder nach seiner Patientin zu sehen. Agnes lag zitternd im Bett, denn auch der starke Tee und die heiße Wärmflasche vermochten sie nicht wirklich zu wärmen. Währenddessen lag der treue Arthur vor ihrem Bett und bewachte sie. Am nächsten Tag hatte sie hohe Temperatur, und der Arzt machte ein sehr ernstes Gesicht und sagte: „Wenn das Fieber noch höher steigen sollte, dann muss sie doch noch ins Krankenhaus!"

Das war zum Glück nicht der Fall, und Agnes erholte sich langsam aber stetig, dank der fürsorglichen Pflege ihrer Mutter. Am Heiligen Abend war sie immer noch sehr schwach. Daher wurde sie mit vielen Kissen und ihrer Bettdecke im Wohnzimmer auf das Sofa gebettet. Zu ihrem Kummer konnte sie dieses Mal den Weihnachtsbaum nicht mit aussuchen, und so musste ihr älterer Bruder mit dem Vater allein in den Wald gehen um einen Tannenbaum für die Familie zu holen. Trotzdem war sie froh, dass es ihr nun von Tag zu Tag besser ging. Und natürlich fand sich an diesem Weihnachtsfest auch für den mutigen Arthur ein besonderes Leckerli unter den Geschenken. Das hatte die Mutter von Agnes ihrer Tochter, auf deren ausdrücklichen Wunsch, von ihrem Taschengeld besorgt.

Nach diesem schlimmen Erlebnis schien für Agnes leider auch ihr Traum von einer Eislaufkarriere ausgeträumt zu sein, allerdings zur großen Erleichterung ihrer Eltern.

# Gefunden

Inken war genervt, weil sie ausgerechnet heute mit den Vorbereitungen für den Heiligen Abend allein fertig werden musste. Ihre beiden Ältesten, Marvin und Janine, hingen ihr ständig am Rockzipfel und wussten nichts Richtiges mit sich anzufangen. Natürlich war die Aufregung der Kinder verständlich, aber sie hatte doch noch so viel zu tun! Außerdem zahnte Baby Ben gerade und schrie daher lautstark und unaufhörlich. Sie hatte ihn schon eine ganze Weile auf dem Arm hin und her getragen, aber sobald sie ihn wieder hinlegen wollte, begann er erneut zu wimmern. Zudem hatte er gerade auch noch einen Großteil seines Fläschchens wieder von sich gegeben und musste schnellstens noch umgezogen werden. Eigentlich hatte ihr Mann Peter heute frei, aber da gleich mehrere Kollegen erkrankt waren, hatte man ihn doch angerufen und darum gebeten, dass er zur Wache kam. Peter war Berufsfeuerwehrmann, und normalerweise achteten die Kollegen darauf, dass die Familienväter an diesem Tag zuhause bleiben konnten und tauschten ihre Schichten untereinander entsprechend, aber in diesem Jahr häuften sich die Grippefälle. Vermutlich würde es ein ruhiger Dienst werden, dennoch musste die Wache natürlich besetzt sein.

„Tut mir echt leid Schatz, aber es geht nicht anders, morgen holen wir alles nach, versprochen", hatte er zu ihr gesagt und ihr noch schnell einen sehr flüchtigen Abschiedskuss auf die Wange gegeben, bevor die Haustür hinter ihm zugefallen war.

„Mir auch", murmelte sie, aber das hörte er schon nicht mehr.

„Geht doch einfach ein bisschen auf den Spielplatz", schlug Inken Marvin und Janine vor. „Los, zieht Euch warm an und dann Abmarsch!", scheuchte sie die beiden fast aus dem Haus. Am Nachmittag sollten ihre Schwiegereltern kommen, zum Glück hatte sie die Gästebetten gestern schon frisch bezogen, aber das Festessen musste sie noch vorbereiten, den Tannenbaum schmücken und einige Geschenke lagen ebenfalls noch unverpackt im Schrank. Bei alledem hätte Peter ihr sicher geholfen, zumindest hätte er mit den Kindern noch den Weihnachtsbaum schmücken können. Nun musste sie sich selbst um alles kümmern. Wenn Ben sich wenigstens beruhigen würde! Sie hatte ihn gerade frisch gewickelt und ihm noch einmal die Tinktur zur Erleichterung der Schmerzen beim Zahnen ins Mündchen geschmiert, als es Sturm klingelte. Herrje, wer konnte das denn nun schon wieder sein, dachte sie ärgerlich, als sie, mit Ben auf dem Arm, zur Haustür eilte. Draußen standen Janine und Marvin. Janine hielt ihr ein arg verschmutztes, winziges Kätzchen entgegen.

„Mama schau, das haben wir auf dem Spielplatz gefunden!", sprudelte ihre Tochter aufgeregt hervor.

„Aber die kleine Katze ist verletzt, wir müssen sie zum Tierarzt bringen", ergänzte ihr Bruder.

Auch das noch, dachte Inken, aber ein Blick auf das Kätzchen zeigte ihr, dass ihr

Sohn recht hatte. Die Wunde am Hinterteil des Tieres sah gar nicht gut aus. Sie und Peter hatten ihre Kinder bewusst dazu erzogen, Achtung vor dem Leben zu haben, egal ob es um Menschen oder Tiere ging. Natürlich war der Zeitpunkt äußerst unpassend, aber das half nichts. In diesem Fall musste alles andere hintenan gestellt werden. Also griff sie nach den Telefonbüchern und suchte in den gelben Seiten nach einem Tierarzt in der Nähe. Die freundliche Sprechstundenhilfe bot ihr an, mit dem verletzten Tier am besten jetzt gleich vorbeizukommen. Inken bedanke sich und legte auf. Aber sollte sie mit drei Kindern und dem Kätzchen dort auflaufen? Nein, entschied sie, es wäre sicher besser ihre Nachbarin, Frau Jäckel, zu bitten, eine Weile auf Ben aufzupassen. Die alte Dame war alleinstehend und würde heute sicher daheim sein, das hoffte Inken jedenfalls. Also ging sie schnell zum Nachbarhaus und klingelte dort. Zum Glück war Frau Jäckel zuhause und hatte auch Verständnis für Inken´s Nöte.

„Natürlich kümmere ich mich um Ben, gern sogar! Vielleicht kann ich eine Runde mit ihm spazieren gehen. Meine Kinder hatten auch immer Probleme, wenn die Zähnchen kamen, dann habe ich sie, so oft ich konnte, einfach in den Kinderwagen gepackt und bin mit ihnen nach draußen gegangen", schlug sie vor.

„Das ist wirklich eine gute Idee", stimmte Inken ihr erleichtert zu. „Dann kommen Sie doch am besten mit rüber", bat sie.

„Ich ziehe mich nur schnell an und komme dann", versprach die alte Dame. Wie gut, wenn man nette Nachbarn hat, dachte Inken. Bei Frau Jäckel war Ben gut aufgehoben, das wusste sie. Nachdem sie ihn warm eingepackt und in den Kinderwagen gelegt hatte, stand Frau Jäckel schon ausgehfertig vor der Tür.

„Na los, kommt", sagte sie zu Marvin und Janine und griff zum Autoschlüssel.

Janine hielt das leise wimmernde Tierchen immer noch fest im Arm. Armes Ding, hoffentlich kann der Tierarzt ihm noch helfen, dachte Inken. Zum Glück war es nicht weit, und so erreichten sie etwa eine Viertelstunde später die Praxis.

„Sie haben Glück, mein Mann hat Notdienst", informierte sie die nette Sprechstundenhilfe, „sonst wäre die Praxis heute geschlossen."

Mit diesen Worten führte sie die kleine Gruppe ins Behandlungszimmer und rief den Tierarzt.

„Na, um was geht es denn?", fragte er leutselig.

Aber als er die kleine Katze ansah, verdüsterte sich sein Gesicht, und er sagte: „Oh je, das sieht aber übel aus. Wo habt Ihr sie denn gefunden?" Aufgeregt berichteten die Kinder ihm, dass ihre Mutter sie zum Spielplatz geschickt hatte, und sie dort das kleine Tier unter einem Busch gefunden hatten. Vorsichtig untersuchte der Arzt seine Patientin und sagte dann: „Soweit ich feststellen kann, hat sie keine inneren Verletzungen. Ich gebe Ihnen ein Schmerzmittel mit, das sollten Sie ihr morgens und abends ins Futter mischen. Außerdem sollten Sie nach den Feiertagen besser noch einmal bei mir vorbeischauen, damit ich mich vergewissern kann, dass die Wunde gut heilt. Am besten lassen Sie sich von meiner Frau gleich einen Termin geben." Dann säuberte und versorgte er die Wunde und bot Inken an, ihr für den Transport eine Box zu leihen. Offenbar ging er davon aus, dass sie die kleine Katze bei sich aufnehmen würden. Eigentlich habe ich wirklich genug zu tun, dachte Inken, aber ein Blick in die erwartungsvollen Gesichter ihrer Kinder zeigte ihr nur zu deutlich, dass sie gar keine andere Wahl hatte. Daher nickte sie ergeben, zahlte die Rechnung und ließ sich auch anstandslos einen weiteren Untersuchungstermin geben. Marvin und Janine waren natürlich hellauf begeistert!

„Wir haben jetzt eine Katze, das müssen wir gleich Frau Jäckel erzählen!", rief Janine.

„Was Oma und Opa wohl dazu sagen werden?", freute sich auch Marvin.

„Ihr müsst Euch aber auch darum kümmern, sonst geben wir sie wieder fort", dämpfte Inken die Begeisterung ihrer Sprösslinge. „Außerdem muss Papa auch damit einverstanden sein!"

Marvin grinste, denn er wusste, wenn sie erst Mama auf ihrer Seite hatten, dann hatte auch Papa bestimmt nichts dagegen, dass die Katze bei ihnen blieb.

„Dann müssen wir jetzt aber noch schnell Katzenfutter und auch Streu kaufen", bestimmte Inken. Der Abstecher in den Supermarkt würde sie zusätzlich Zeit kosten, hoffentlich war es dort nicht allzu voll. Eifrig halfen ihr die Kinder alles Nötige zusammenzusuchen. An der Kasse hatten sie Glück, denn eine andere Kundin, die ihren Einkaufswagen sehr voll gepackt hatte, ließ ihnen den Vortritt.

„Wir haben eine verletzte, kleine Katze gefunden, und kommen gerade mit ihr vom Tierarzt.", erzählte Janine ihr dankbar.

„Oh, so ist das. Dann hoffe ich für Euch, dass sie ganz schnell wieder gesund wird!", erwiderte die Dame freundlich und wünschte ihnen anschließend frohe Feiertage.

Zum Glück schlief Ben tief und fest, als

Inken ihn bei Frau Jäckel abholte. Sie bedankte sich bei ihrer Nachbarin noch einmal sehr herzlich für die spontane Hilfe und fragte, ob sie vielleicht später am Abend ein Stündchen zu ihnen kommen wollte.

„Das ist sehr nett von Ihnen, aber meine Schwester wird kommen. Sie ist seit Kurzem auch verwitwet. Sie bleibt einige Tage, daher werde ich auch zum Weihnachtsfest nicht allein sein, aber ich wünsche Ihnen mit Ihrer Familie auf jeden Fall ein schönes und fröhliches Weihnachtsfest!", erwiderte Frau Jäckel lächelnd. Zuhause hatten Marvin und Janine die kleine Katze schon aus der Box herausgelassen. Das kleine Katzenkind tapste etwas unbeholfen durch die Räume und erkundete zunächst einmal sein neues Zuhause. Irgendwann war das neue Familienmitglied schließlich aber doch so müde, dass es sich auf dem weichen Wohnzimmerteppich zusammenrollte und einschlief.

„Wir wollen sie Crissy nennen, Mama", sagte Janine strahlend.

„Ja, warum nicht, der Name ist schön", fand auch Inken.

Sie musste sich nun wirklich sputen. Zum Glück schlief Ben weiterhin friedlich in seinem Kinderwagen, der im Flur stand. Zuallererst rief sie Ihre Schwiegereltern an und fragte, ob sie eventuell etwas früher kommen könnten, weil sie dank des unerwarteten Zwischenfalls noch mitten in den Vorbereitungen für den Abend steckte. Ganz sicher waren ihre Schwiegereltern, mit denen sie sich bestens verstand, bereit ihr zu helfen. Besonders ihre Schwiegermutter war eine patente Frau, das hatte Inken bei mehr als einer Gelegenheit festgestellt.

„Natürlich Kind, das ist gar kein Problem. Ich freue mich doch, wenn ich Dich unterstützen kann", versicherte ihr Peter´s Mutter am Telefon. „Ich sage Papa gleich Bescheid, und dann fahren wir los. Bis später."

Erleichtert legte Inken auf. Schnell holte sie den schweren Karton mit dem Weihnachtsschmuck aus dem Keller und stellte ihn im Wohnzimmer bereit. Darum konnte ihr Schwiegervater sich kümmern. Dann packte sie schnell die letzten Geschenke ein. Endlich war auch das erledigt Anschließend wollte sie sich um das geplante Abendessen kümmern. Da ertönte schon ein Hupsignal, und sie sah das Auto ihrer Schwiegereltern auf den Hof biegen.

„Ihr seid wohl geflogen oder?", lachte sie, als sie ihnen die Tür öffnete.

„Nein, das nicht gerade, aber wenn es sein muss, sind wir immer schnell zur Stelle", antwortete ihr Peter´s Vater.

Auch Marvin und Janine hatten die Ankunft ihrer Großeltern bemerkt und kamen angerannt, um ihnen das Kätzchen zu zeigen. Das arme Ding wurde von Arm zu Arm gereicht, was es aber geduldig über sich ergehen ließ.

„Sag mir schnell was ich tun kann, und dann kümmerst Du Dich erst mal ein wenig um Dich selbst", bestimmte Inken´s Schwiegermutter resolut.

Inzwischen war auch Ben aufgewacht. Zum Glück schienen seine Beschwerden nachgelassen zu haben, denn er lachte den

Besuchern entgegen, als sie sich über seinen Kinderwagen beugten.

„Er kriegt gleich sein Fläschchen, und der Weihnachtsbaum muss auch noch geschmückt werden. Außerdem habe ich das Abendessen noch nicht vorbereiten können", gab Inken verlegen zu.

„Um den Baum kümmere ich mich. Marvin und Janine, Ihr könnt mir helfen", bot ihr Schwiegervater an.

„Und Du zeigst mir in der Küche was zu tun ist", forderte ihre Schwiegermutter.

Inken atmete auf – dank der tatkräftigen Hilfe ihrer Schwiegereltern würde es ganz bestimmt doch noch ein schönes Weihnachtsfest werden.

# Eine Überraschung im Tannenbaum

„Zu Weihnachten gehört ein Tannenbaum auf jeden Fall dazu!", das hatte Bjarne´s Großmutter, bei der er aufgewachsen war, früher immer gesagt. Diese Worte gingen ihm durch den Sinn, als er schon auf dem Weg nach Hause war. Er saß in seinem klapprigen, alten Auto und fragte sich wieder einmal, ob es sich für ihn allein wirklich lohnen würde, ein Bäumchen zu kaufen. Schon tagelang hatte er diese Entscheidung vor sich her geschoben. Schließlich war er Weihnachten allein, aber vielleicht sollte er sich gerade deshalb ein wenig Weihnachtsfreude in Haus holen. Nach langem hin und her war er zu diesem Entschluss gelangt und war schließlich unterwegs, um am Heiligen Abend noch irgendwo einen kleinen Baum zu ergattern. Natürlich waren die Bäume in der kleinen Innenstadt längst ausverkauft. Auf der Suche nach einem Weihnachtsbaum hatte er mehrere Stände vergebens abgeklappert. Fast spielte er schon mit dem Gedanken, wenn der Weihnachtsmarkt geschlossen sein würde, einfach dort einen Baum zu klauen. Aber daran würde er sicher auch nicht die rechte Freude haben, und seine arme Großmutter würde sich im Grabe umdrehen. Aber irgendwo musste doch noch ein Weihnachtsbaum für ihn aufzutreiben sein. Also fuhr er noch einmal aus der Stadt hinaus, um in einem der Vororte sein Glück zu versuchen. Hatte er nicht vor Kurzem noch ein Schild gesehen, dass auf den Verkauf von Weihnachtsbäumen hinwies? Unschlüssig fuhr er weiter. Da entdeckte er das Schild am Straßenrand. Es war ein trüber Tag und es begann schon fast zu dämmern, da konnte er nur hoffen, dass er noch jemanden antraf. Dann hatte er endlich den Bauernhof gefunden, der die Weihnachtsbäume zum Verkauf anbot. Aber auch dieser Hof war so gut wie leergefegt, wie er entsetzt feststellen musste. Lediglich ein kleines, etwas schief gewachsenes Bäumchen lehnte noch am Zaun, und der Bauer wollte wohl auch gerade ins Haus gehen und Feierabend machen.

„Hallo", rief Bjarne schnell und der Mann drehte sich um.

„Ja bitte, kann ich Ihnen helfen?", fragte der Bauer.

„Ich hätte gern einen Weihnachtsbaum", antwortete Bjarne.

„Also, einen frischen kann ich Ihnen nicht mehr schlagen, aber Sie haben Glück, einer ist noch da, der Allerletzte. Den bekommen Sie umsonst – sozusagen als Weihnachtsgeschenk von mir. Ich müsste ihn sonst schreddern. Soll ich Ihnen den noch schnell in ein Netz rollen für den Transport?", fragte er hilfsbereit.

„Wenn Sie das tun würden, das wäre sehr freundlich, ganz herzlichen Dank!"

„Sie sind doch Student und haben sicher nicht viel auf der Tasche oder?", erkundigte sich der freundliche Bauer augenzwinkernd.

„Stimmt genau, woher wissen Sie das?", fragte Bjarne erstaunt.

„Dafür habe ich einen Blick", gab der Mann zurück, schnappte sich das

Bäumchen und zog es mit einem Ruck durch die Röhre. So verpackt ließ sich der Baum gut mitnehmen. Bjarne verstaute ihn auf dem Rücksitz, und weil es zum Glück weder regnete noch schneite, machte er für den Transport einfach das Stoffverdeck seines Autos ein Stück auf.

„Na dann wünsche ich Ihnen ein frohes Fest", verabschiedete sich der Bauer. „Vielen Dank, das wünsche ich Ihnen ebenfalls", rief Bjarne und stieg ein.

Er freute sich, sein Weihnachtsfest war damit gerettet. In seiner Studentenbude angekommen stellte er den Baum ab und setzte zunächst einmal Teewasser auf. Er hatte alle Zeit der Welt, jetzt musste er sich erst einmal stärken. Plötzlich vernahm er ein leises Geräusch. Komisch, er war doch allein im Raum. „Miii", so klang es. Nein, er musste sich getäuscht haben, dachte er. Dann hörte er es wieder. „Miii au" und wieder dieses langgezogene „Miii". Nein, da stimmte etwas nicht. Woher kamen diese merkwürdigen Geräusche nur? Als sie wieder erklangen, war er sich sicher, sie kamen aus dem

Tannenbaum, der völlig unschuldig in der Ecke stand. Also stand er auf, holte eine Schere und begann vorsichtig damit, das Netz zu entfernen. Als er es abzog, kullerte ihm ein winziges, rotbraun getigertes Kätzchen vor die Füße. Wie kam das denn in den Tannenbaum, und wie hatte es nur den Transport überstanden, fragte sich Bjarne äußerst verwundert. Das kleine Kätzchen wankte regelrecht auf ihn zu und schaute ihn mit großen, verschreckten Augen an. Dann begann es erneut zu wimmern und versuchte auf seinen Schoß zu krabbeln. Es musste von dem Bauernhof stammen und sich dort in den dichten Ästen des Tannenbaumes versteckt haben. Anders konnte es gar nicht sein, aber was um Himmels Willen sollte er damit anfangen? Er selbst hatte ja weder Katzenmilch, geschweige denn Futter für das kleine Wesen im Haus. Und zurückbringen konnte er die kleine Katze auch nicht mehr, das stand fest. Bjarne schaute auf die Uhr. Ob der Supermarkt an der Ecke noch geöffnet hatte? Das könnte vielleicht gerade noch klappen. Schnell nahm er seinen Schlüssel und verließ die Wohnung im Eilschritt.

Als er vor dem Supermarkt ankam, war eine junge Verkäuferin gerade dabei die Eingangstür abzuschließen.

„Bitte, es ist ein Notfall", schrie Bjarne und machte ihr durch Gesten klar, dass er unbedingt noch einmal in den Laden musste.

Die junge Dame zeigte schnell auf ihre Armbanduhr und schüttelte den Kopf.

„Bitte", flehte Bjarne noch einmal.

Dabei machte er ein so verzweifeltes Gesicht, dass die junge Dame Mitleid hatte und ihm doch noch einmal die Tür öffnete.

„Also gut, bevor sie verhungern, aber bitte suchen Sie sich schnell aus was Sie unbedingt noch brauchen, ich kriege sicher ohnehin schon Ärger mit meiner Kollegin, die ist nämlich gerade dabei die Kassenabrechnung zu machen."

„Wo haben Sie Katzenfutter?", stieß Bjarne aufgeregt hervor.

„Katzenfutter?", fragte die junge Dame irritiert.

„Ja, mir ist eben eine ganz junge Katze zugelaufen, und die kann Ich doch nicht verhungern lassen", erklärte Bjarne, und schilderte ihr in kurzen Worten das Geschehen.

„Da haben Sie recht, das ist ein Notfall", gab ihm die junge Dame lachend recht. Dann ging sie gleich mit ihm in den entsprechenden Gang und suchte ihm schnell einige Dosen Katzenfutter aus.

„Katzenstreu sollten Sie auf jeden Fall auch mitnehmen. Für die nächsten Tage können Sie ihr sicher erst einmal einen ausrangierten Karton als Katzentoilette herrichten", riet sie ihm.

Dann eilten sie zur Kasse. Natürlich war ihre Kollegin alles andere als begeistert, mit ihrer Abrechnung noch einmal von vorn beginnen zu müssen, zeigte aber zum Glück auch Verständnis.

„Werden Sie denn allein mit der Katze zurecht kommen?", wollte die junge Verkäuferin wissen, als sie ihn wieder zum Ausgang brachte.

„Ich muss, es gibt sonst niemanden in meinem Leben – leider", antwortete er.

„In meinem derzeit auch nicht", gab die junge Frau leise zurück.

Da fasste Bjarne sich spontan ein Herz und schlug ihr dann vor: „Wollen wir zusammen versuchen das arme Kätzchen aufzupäppeln? Ich würde mich wirklich freuen, gerade heute Abend nicht allein zu bleiben. Ich kann gern draußen auf Sie warten, wenn Sie wollen."

„Das ist lieb, aber ich weiß nicht so recht..."

„Bitte, Sie sind doch auch allein, warum sollten wir uns nicht zusammentun, wenigstens heute, am Heiligen Abend!", bat Bjarne.

„Ich überlege es mir", gab seine Retterin zurück und schob ihn sanft zur Tür hinaus.

Bjarne nickte, setzte sich wieder in sein Auto und wartete. Endlich, nach etwa einer halben Stunde klopfte es an der Scheibe der Beifahrertür. Bjarne, der ein wenig eingenickt war, schrak hoch. Da stand sie, hatte eine große Tüte mit

Lebensmitteln dabei und lachte ihn an.

„So eine verrückte Aktion, aber ein Katzenfreund kann nichts Böses im Sinn haben", sagte sie, als sie einstieg. „Das hat meine Kollegin gesagt und mir zugeredet, Dein Angebot anzunehmen", sagte sie erklärend.

„Aber wir müssen noch kurz bei mir zuhause vorbei, ich möchte mich gern umziehen."

„Geht klar", grinste Bjarne. „Ach ja, ich bin Bjarne, und wie heißt Du eigentlich?"

„Andrea. Ich arbeite im Supermarkt nur zur Aushilfe. Eigentlich studiere ich Tiermedizin", erläuterte sie ihm.

„Ich bin auch an der Uni und studiere Physik und Mathe. Ich möchte Lehrer werden", gab Bjarne Auskunft und ließ den Motor an.

Wie gut, dass er sich buchstäblich im allerletzten Moment doch noch dazu entschlossen hatte, auch für sich allein einen Weihnachtsbaum zu kaufen!

# Der Weihnachtsmann sah aus wie Papa...

„Oh je", seufzte Frau Gläsner, als sie den Hörer auflegte.

„Was ist denn los? Eine schlimme Nachricht?", fragte sie ihr Ehemann alarmiert.

„Nein, das nicht gerade, trotzdem ist es eine mittlere Katastrophe, fürchte ich", erwiderte seine Frau, und informierte ihn, dass dieser Anruf von der Agentur gekommen war, bei der sie auch in diesem Jahr wieder den Auftritt eines Weihnachtsmanns gebucht hatte.

„Ich war ein bisschen spät dran, weil wir doch gedacht hatten, dass von den Kindern inzwischen keines mehr an den Weihnachtsmann glaubt", erklärte sie ihrem Ehemann. „Aber als ich merkte, wie sehr Timon sich auf den Besuch des Weihnachtsmanns freut, da hatten wir doch besprochen, dort noch mal anzurufen und einen Weihnachtsmann zu bestellen."

„Stimmt, ich erinnere mich", antwortete ihr Ehemann.

Ihr jüngster Sohn ging zwar schon in die zweite Klasse, aber an die Existenz des Weihnachtsmanns glaubte er trotzdem noch, wie seine Eltern gerührt festgestellt hatten. Daher wollten sie ihn keinesfalls enttäuschen.

„Aber in der Agentur sind gleich drei Weihnachtsmänner krank geworden, und da haben sie den Leuten, die ihre Aufträge zuletzt geordert haben, natürlich als Erstes abgesagt", seufzte Frau Gläsner. „Ein Christkind hätten sie uns schicken können, aber das wollte ich nicht", schloss sie.

„Dann gibt es wohl nur eine Lösung", überlegte ihr Mann. „Ich muss das selbst in die Hand nehmen."

„Wie willst Du denn das anstellen?"

„Ich rufe gleich bei der Agentur an und frage, ob sie mir wenigstens ein Kostüm leihen können, und den Kindern erzähle ich, ich müsste noch mal kurz ins Büro", erklärte er.

„Am Heiligen Abend? Werden Sie das

glauben?"

Ihr Mann zuckte die Achseln. „Hast Du eine bessere Idee?"

„Nein", musste seine Frau zugeben.

Ein Anruf bei der Agentur ergab, dass es kein Problem sei, ein Kostüm zu erhalten, und so erzählte Herr Gläsner den Kindern, Tante Inge und auch den beiden Großelternpaaren, die schon am frühen Nachmittag eingetroffen waren, dass er leider noch mal ins Büro müsse, es täte ihm sehr leid. Seine Schwiegermutter zog fragend die Augenbrauen in die Höhe, aber mehr Informationen ließ Herr Gläsner sich zu dem Thema nicht entlocken. Dann griff er nach seinen Autoschlüsseln und verschwand.

„Kommt, wir setzen uns erst mal ins Wohnzimmer", schlug Frau Gläsner ihren Gästen vor. „Robert hat uns den Kamin schon angemacht."

„Was machen wir denn, wenn der Weihnachtsmann kommt und Papa ist noch nicht wieder da?", fragte Timon besorgt.

„Ach was, er kommt sicher bald zurück,

und falls doch nicht, dann kann man das in diesem Jahr leider nicht ändern", beruhigte ihn seine Mama.„Soll ich Euch eine heiße Schokolade machen?", fragte sie dann.

„Oh ja", riefen Timon und Kirsten schnell.

„Und für Euch einen heißen Tee?", fragte Frau Gläsner, als gute Gastgeberin, in die Runde.

„Ja bitte, ich komme gern mit in die Küche und helfe Dir", bot Tante Inge an.

Als die beiden Frauen in der geräumigen Wohnküche standen, vertraute Frau Gläsner ihr das Problem an.

„Hoffentlich erkennt Timon seinen Papa nicht; bei Kirsten wäre das nicht so schlimm", erklärte sie.

„Ach was, die Kinder sind bestimmt beide viel zu aufgeregt", beruhigte Tante Inge sie.

Als die Familie kurz darauf gemütlich vor dem Kamin saß, klingelte es an der Haustür.

„Wer kann das sein? Papa hat doch einen Schlüssel", wunderte sich Kirsten.

„Vielleicht ist es der Weihnachtsmann?", fragte Timon hoffnungsvoll und wollte gleich in den Flur laufen, aber Frau Gläsner sprang schnell auf und öffnete selbst die Tür. Erwartungsgemäß stand ihr Mann draußen - als Weihnachtsmann verkleidet. Sie begrüßte ihn lächelnd und gab ihm einen Kuss auf die Wange.

„Komm rein, lieber Weihnachtsmann", sagte sie dabei.

Tante Inge hatte Timon nicht zurückhalten können, daher befürchtete sie, dass er gesehen hatte, wie herzlich seine Mama den Weihnachtsmann begrüßte. Timon wunderte sich zwar ein wenig darüber, sagte aber nichts. Unterdessen polterte der Weihnachtsmann ins Zimmer und grüßte in die Runde. Natürlich kam dann der obligatorische Satz: „Wart Ihr denn auch alle brav im vergangenen Jahr?"

„Klar, lieber Weihnachtsmann, da kannst Du Mama fragen", rief Kirsten sofort.

„Könnt Ihr denn für mich auch ein Weihnachtslied singen?", fragte der Gast im roten Anzug.

Das gehörte in jedem Jahr dazu, also

stimmte Frau Gläsner schnell das schöne alte Lied von der stillen Nacht an. Den Text konnten alle, das wusste sie. Währenddessen beäugte Timon den Weihnachtsmann genauer. Die Schuhe des Gastes waren ihm aufgefallen.

„Papa hat die gleichen Stiefel wie Du", stellte er fest.

„Ja, das kann gut sein, die sind nichts Besonderes", sagte der Weihnachtsmann lässig. Und dann fuhr er fort: „Na, dann kann ich ja jetzt den Sack mit Euren Geschenken auspacken."

Seine Tochter hatte ihn ohnehin schon so komisch angegrinst, fand er. Langsam wurde es höchste Zeit dieses Spiel zu beenden. Also holte er schnell die bunt verpackten Päckchen aus dem Sack und begann sie zu verteilten.

Dann fragte er mutig: „Wo ist denn Euer Papa?"

„Ach, der musste noch mal ins Büro, er wird sicher bald wieder da sein", antwortete Frau Gläsner und zwinkerte ihm zu. Zu Timon´s Überraschung zwinkerte der Weihnachtsmann zurück.

Dann verabschiedete er sich eilig mit den Worten: „Ich muss ja noch weiter!"

Er wünschte allen noch einmal frohe Weihnachten, und dann brachte Frau Gläsner ihn wieder zur Tür.

„Das hast Du wirklich großartig gemacht, Schatz!", flüsterte sie ihm zu.

„Hat mir auch Spaß gemacht – bis gleich", gab der Weihnachtsmann zurück und zog eilig die Haustür hinter sich zu. Dann ging er zu seinem Auto, das er vorsorglich auf dem Nachbargrundstück geparkt hatte. Er zog das Kostüm aus, warf es auf den Rücksitz, und wenig später traf er offiziell wieder zuhause ein.

„Papa, der Weihnachtsmann war da!", begrüßte Timon ihn aufgeregt. „Und stell Dir vor, er hatte die gleichen Winterstiefel an wie Du", sprudelte er hervor.

„Was für ein seltsamer Zufall", bestätigte ihm sein Papa. „Aber jetzt zeig mir doch mal, was hat er Dir denn mitgebracht? Und hat er auch für mich ein Geschenk dagelassen?"

Natürlich ließ Timon sich dadurch schnell ablenken.

Aber als er mit seinem Vater am Tag nach Weihnachten Getränke holen sollte und das Weihnachtsmannkostüm auf dem Rücksitz sah, stutzte er.

„Papa, was ist das denn?", fragte er.

Verlegen antwortete Herr Gläsner ihm: „Ach, das hatte ich ganz vergessen, den Anzug haben wir in der Firma zur Dekoration gebraucht."

Zum Glück fragte sein Sohn in dem Moment nicht weiter. Allerdings vertraute er seiner Mama irgendwann im Januar an, dass ihm der Weihnachtsmann in diesem Jahr doch sehr bekannt vorgekommen war...

# Aus Fremden werden Freunde

Warum musste Dunja mich ausgerechnet jetzt verlassen? Darüber grübelte Helge schon seit einigen Tagen nach. Klar, so recht gestimmt hatte es zwischen ihnen schon länger nicht mehr, das war ihm auch nicht entgangen. Daher hatte er sich vorgenommen, es im kommenden Jahr arbeitsmäßig etwas langsamer angehen zu lassen. Da er selbstständig war, musste für ihn der Job immer an erster Stelle stehen, weil einfach zu viel davon abhing. Das hatte Dunja oft bemängelt, aber er hatte sich doch immer Mühe gegeben sie entsprechend zu entschädigen. So hatten sie mehrfach im Jahr großartige Urlaube an exotischen Orten verbracht, an freien Wochenenden tolle Events besucht und dergleichen mehr. Warum reichte ihr das nun nicht mehr? Er war wirklich geknickt über die Trennung von seiner langjährigen Freundin. An den Feiertagen allein zu bleiben, das erschien ihm unmöglich. Seine Eltern lebten nicht mehr, und Geschwister hatte er ebenfalls keine. Mit einem Mal wurde ihm erst bewusst wie einsam er im Grunde war, denn für enge Freundschaften hatte ihm leider auch die Zeit gefehlt. Da kam er auf eine etwas ausgefallene Idee, aber was hatte er zu verlieren? Wenig später stand er vor einer jungen Dame, die Anzeigen für die örtliche Tageszeitung aufnahm, schilderte ihr sein Anliegen und erbat ihren Rat, wie er seine Annonce am besten formulieren könne.

„Habe ich das richtig verstanden? Sie möchten zum Weihnachtsfest einige Ihnen bisher noch fremde Leute einladen, die ebenfalls allein sind, um mit Ihnen gemeinsam den Heiligen Abend zu verbringen?"

„So ist es", bestätigte Helge verlegen.

Er hatte keine Lust ihr weitschweifige Erklärungen für diesen Entschluss zu geben.

„Hm", überlegte die junge Dame, „was halten Sie von folgendem Text:

**Sind Sie einsam? Wenn Sie in diesem Jahr den Heiligen Abend ebenfalls**

**nicht allein verbringen möchten, dann lade ich Sie ein, mit mir und einigen anderen Leuten gemeinsam zu feiern. Bitte nur ernst gemeinte Zuschriften unter Chiffre-Nr. 2016**

„Das klingt gut", fand Helge.

Also erschien dieses Inserat wenig später. In vierzehn Tagen war schon der erste Advent, und Helge wartete gespannt darauf, ob bis zum Wochenende schon Zuschriften in der Redaktion eingegangen waren. Hoffentlich würde er überhaupt einige Antworten auf diese durchaus ungewöhnliche Annonce bekommen, denn plötzlich erschien ihm seine Idee doch etwas zweifelhaft.

Als er am Montag danach fragte, händigte ihm ein freundlicher Mitarbeiter der Anzeigenredaktion dreizehn Briefe aus. Die nahm er zunächst einmal mit in seine Wohnung, um sie in aller Ruhe zu lesen. Eine ältere Dame schrieb ihm, sie sei vor Kurzem verwitwet und dachte nun mit Schrecken an ihr erstes Weihnachtsfest ohne ihren Mann. Sie versicherte ihm dennoch, keinesfalls den ganzen Abend mit der Traurigkeit über ihren Verlust beeinträchtigen zu wollen. Ein Herr, der sich ebenfalls als Single outete,  fand diese Idee gemeinsam Weihnachten zu feiern cool und schlug ihm vor,  eine tolle Weihnachtsparty zu organisieren. Diese Zuschrift legte Helge gleich beiseite, um dem Mann später eine höfliche, aber klare Absage zu erteilen. Mehrere Briefe enthielten ähnliche Vorschläge, und auch die wurden von Helge gleich aussortiert. Eine andere Dame schrieb, sie lebte seit Jahren allein, und fand das auch ganz in Ordnung so, lediglich zu Weihnachten vermisste sie ab und zu Gesellschaft, daher würde sie gern in diesem Jahr einmal mit anderen Leuten zusammen feiern. Sie schlug auch vor, dass sie und alle anderen Gäste zur Bewirtung an diesem Abend beitragen sollten. Darüber hatte Helge sich bis dahin noch gar keine Gedanken gemacht, und er war ihr für diese Anregung recht dankbar. Außerdem schrieb sie, dass sie durchaus bereit sei, selbst diese Weihnachtsfeier auszurichten beziehungsweise das Fest in ihrer Wohnung stattfinden zu lassen. Dieses Argument überzeugte Helge ganz besonders davon, dass sie es ehrlich meinte. Die Frau wollte er auf jeden Fall dabei haben, so nahm er sich vor. Am Ende blieben vier Frauen und zwei Männer übrig, die ihm, nach ihrer Post zu urteilen, sympathisch genug erschienen, um von ihm eingeladen zu werden. Er war schon sehr gespannt und meinte, dieser Weihnachtsabend würde sicher ganz anders verlaufen, als alle Feste zuvor, aber warum sollte es nicht trotzdem eine schöne Feier werden?

Also rief er abends zunächst einmal diese sechs Leute an, denn völlig fremde Menschen zu sich einzuladen barg schließlich ein gewisses Risiko, das war ihm durchaus bewusst. In diesen Gesprächen hatte er zum Glück von allen Interessenten einen netten Eindruck gewonnen, und anschließend war Helge sehr zufrieden mit sich. Langsam freute er sich sogar schon wieder ein bisschen auf das bevorstehende Weihnachtsfest.

Eigentlich hatte er genug Gäste, fand er. Trotzdem ging er am Ende der Woche noch einmal in die Redaktion, um nach weiteren Antworten auf seine Anzeige zu fragen. Ein Brief war noch gekommen, den er gleich an Ort und Stelle anschaute. Darin schrieb eine Frau, dass sie erst einige Tage lang über dieses absolut ungewöhnliche Angebot nachgedacht, sich am Ende aber doch entschlossen hatte, darauf zu antworten. Sie erklärte, sie sei seit einigen Monaten geschieden und fürchtete sich verständlicherweise ein wenig vor ihrem ersten Weihnachtsfest als Single, daher wäre sie für Gesellschaft dankbar. Wenn sie dabei sein dürfte, bot sie ihm ebenfalls ihre Unterstützung bei der Organisation des Heiligabends an. Auch diese Zeilen fand Helge sehr nett, also würde er sie ebenfalls kontaktieren, nahm er sich vor. Auf eine Person mehr oder weniger kam es letztlich auch nicht mehr an, fand er. Schließlich war sein Wohnzimmer groß genug. Als er sie abends anrief, kam ihm ihre Stimme seltsam bekannt vor, aber das konnte auch täuschen, daher fragte er sie nicht danach.

Bis die Planung des Heiligen Abends abgeschlossen war, gingen zwischen Helge und seinen Gästen noch mehrfach Emails oder Telefonate hin und her. Man hatte sich darauf geeinigt, sich um neunzehn Uhr bei Helge zu treffen, und jeder Gast sollte seinen Beitrag zu einem kleinen Büffet leisten und mitbringen. Bis dahin hatte der Hausherr selbst den geschmückten Tannenbaum aufgestellt, den Esstisch gedeckt und Getränke kalt gestellt. Einige weihnachtliche CDs lagen ebenfalls bereit. Wieder fragte er sich, wie dieser Abend wohl verlaufen würde. Als Erste klingelte die Witwe an seiner Haustür. Eine sympathische Dame in den Siebzigern. Sie war sehr lebhaft und drückte ihm als Gastgeschenk einen leuchtend roten Weihnachtsstern in die Hand. Dann fragte sie nach der Küche, damit sie den mitgebrachten Salat dort abstellen konnte. Nach und nach trudelten die anderen Gäste ebenfalls ein. Zwischendurch erhielt Helge den Anruf einer Frau, die ihm mit tränenerstickter Stimme erzählte, dass sie sich eine fiebrige Erkältung zugezogen hatte, und daher leider nicht kommen konnte. Sie bedauerte dass sehr, wie sie ihm versicherte. Außerdem quälte sie die Sorge, im Falle ihres Erscheinens, die Anderen womöglich anzustecken. Sie bat Helge allerdings darum, ihr doch in den nächsten Tagen Bericht zu erstatten wie der Abend verlaufen sei. Das versprach er ihr gern. Als sein letzter Gast auftauchte, stutzte er. Diese junge Dame kannte er doch oder?

„Ja natürlich, Sie haben meine Anzeige aufgenommen", erinnerte er sich. Sie nickte und antwortete lächelnd: „Stimmt genau; ich habe mich erst spät dazu entschlossen auch darauf zu antworten, freue mich aber umso mehr, dass sie mich trotzdem noch eingeladen haben."

Am Ende war es war eine Gruppe von sehr unterschiedlichen Menschen, die sich an diesem Weihnachtsabend bei ihm zusammengefunden hatten, fand Helge. Aber jeder von ihnen war auf seine Weise bemüht, dieses Fest mit Fremden zu einer Begegnung unter Freunden zu machen, daher wurde es ein sehr gelungener Abend. Und, dass die reizende Dame aus der Anzeigenredaktion sich entschlossen hatte auch zu kommen, das freute Helge ganz besonders!

# Der kochende Weihnachtsmann

Sehr zur Freude seiner Frau Anke war Werner Pfister seit einigen Jahren ein begeisterter Hobbykoch geworden.

„Dass ein Kochkurs solche Auswirkungen haben kann hätte ich nie gedacht!", vertraute sie ihrer Freundin Karin an.

Die beiden Frauen hatten ihren Männern vor einiger Zeit gemeinsam einen Kurs geschenkt, indem sie lernen konnten wie man leckere Nachspeisen zubereitete. Vor allem Anke´s Werner war ein rechtes Schleckermäulchen – schon immer. Zunächst hatte er diesem Geschenk ein wenig skeptisch gegenüber gestanden, aber da sein Freund und Nachbar Jochen ebenfalls mit von der Partie war, sah er die ganze Sache letztendlich als großen Spaß an. Erstaunlicherweise hatte ihm dieser Kurs tatsächlich mehr Freude gemacht als gedacht, und seither fühlte er sich für den sonntäglichen Nachtisch verantwortlich. Bis dahin hatte er im Sommer zwar gern gegrillt, und konnte sich notfalls auch Bratkartoffeln und ein

Spiegelei zubereiten, aber viel mehr hatte er nicht zustande gebracht. Durch seine diesbezüglichen Erfolge angestachelt, hatte er inzwischen tatsächlich Ehrgeiz entwickelt und traute sich sogar zu, eine komplette Mahlzeit zu kochen.

„In diesem Jahr musst Du Dich am Heiligabend um nichts kümmern, das Essen übernehme ich", schlug er seiner Frau eines Tages vor.

Anke war zwar erstaunt über diesen Vorschlag, bot ihm aber dennoch an, ihm zu helfen oder mindestens das Einkaufen zu übernehmen. Aber Werner winkte großzügig ab.

„Das ist mein Weihnachtsgeschenk für Dich, deshalb möchte ich auch selbst einkaufen! Lass Dich doch einfach mal überraschen", erklärte er.

Na denn, dachte Anke. Sie wunderte sich sehr; wer hätte das jemals von Werner gedacht? Da sich auch ihre Eltern und ihr Sohn mit seiner Familie in diesem Jahr zum Fest angesagt hatten, musste Werner nun für sie alle kochen, aber wie sich herausstellte, hatte er das durchaus einkalkuliert. Als sie ihrer Freundin Karin davon erzählte, war die ebenso erstaunt wie Anke. Ihr Mann Jochen hatte zwar nach dem Besuch des Kochkurses ab und an auch für seine Familie ein leckeres Dessert zubereitet, aber zu weiteren kulinarischen Höhenflügen war er nicht zu bewegen gewesen.

„Ich bin ja sehr gespannt was dabei herauskommt, ehrlich!", meinte sie, und Anke konnte ihr nur vorbehaltlos zustimmen. In den nächsten Tagen saß Werner oft an seinem Schreibtisch, schrieb Einkaufslisten und plante sein Weihnachtsmenü. Dann, zwei Tage vor Weihnachten, fuhr er in den Supermarkt. Als er zurückkam, schickte er Anke ins Wohnzimmer und bat sie darum, erst wieder herauszukommen, wenn er alle Einkäufe verstaut hatte. Er nahm die Sache wirklich ernst, wie es schien. Und dann kam endlich der Heilige Abend und Anke wurde gleich nach dem Frühstück aus der Küche verbannt. Werner band sich eine Schürze um, setzte seine rote Weihnachtsmütze auf und bat Anke sich um die übrigen noch anstehenden Weihnachtsvorbereitungen zu kümmern. Zum Glück hatten sie am Tag zuvor den Tannenbaum aufgestellt und geschmückt. Auch die Geschenke lagen ebenfalls hübsch verpackt darunter. Also deckte Anke in aller Ruhe den Esstisch mit ihrem besten Geschirr und dem schweren Silberbesteck. Anschließend ging sie ins Bad, um sich dort ein Weilchen ihrer Schönheitspflege zu widmen. Als sie wieder ins Wohnzimmer kam, stieg ihr ein etwas merkwürdiger Duft in die Nase. Daher klopfte sie an die geschlossene Küchentür und erkundigte sich vorsichtig:

„Ist alles in Ordnung, Schatz?"

„Klar doch", schallte es zurück.

Also sagte Anke nichts mehr und rief noch einmal Karin an.

„Irgendwie habe ich das Gefühl, dass etwas nicht stimmt, aber ich darf Werner ja seine Überraschung nicht verderben", sagte sie unsicher.

„Nein, auf keinen Fall kannst Du das tun. Ich bin wirklich gespannt, was draus wird. Ruf mich morgen auf jeden Fall an", bat

Karin und Anke versprach es, bevor sie sich verabschiedete und das Gespräch beendete. Kurz darauf klingelte es, und ihr Sohn Thomas stand mit seiner Familie vor der Tür.

„Die Autobahn war schön leer, daher sind wir prima durchgekommen, aber das ist hoffentlich für Euch in Ordnung", erklärte ihre Schwiegertochter, während die Zwillinge Melissa und Natalie schon in Anke´s weit geöffnete Arme flogen.

„Klar, wir freuen uns, dass Ihr da seid", lachte Anke und klopfte an die Küchentür, damit auch Werner seine Familie schnell begrüßen konnte. Der erschien mit hochrotem Gesicht und freute sich ebenfalls seinen Sohn und dessen Familie zu sehen.

„Heute koche ich für uns", erklärte er seinem erstaunten Sohn.

„Na, da bin ich ja mal gespannt, brauchst Du Hilfe?" bot seine Schwiegertochter ihm gleich an.

„Nein, das schaffe ich schon", gab Werner zurück und verschwand wieder in der Küche.

„Tut mir leid, aber ich finde, es riecht etwas merkwürdig", fand auch Thomas. „Was gibt es denn überhaupt?"

„Keine Ahnung, das wollte Papa mir nicht verraten", antwortete Anke ihm. Wenig später trafen ihre Eltern ein und es wurde beschlossen, da alle diesmal so pünktlich gekommen waren, nun gemeinsam den alljährlichen Familiengottesdienst mit dem traditionellen Krippenspiel zu besuchen, damit den Zwillingen die Wartezeit nicht so lang wurde. Also klopfte Anke wieder an die Küchentür und informierte Werner darüber.

„Ist gut, wenn Ihr zurück kommt, ist das Essen fertig" versicherte er, und damit musste Anke sich zufrieden geben. Dann brach die Gesellschaft auf. Wie jedes Jahr zu Weihnachten war die Kirche sehr voll, und Anke und ihre Eltern ergatterten nur noch mit Mühe einen Sitzplatz. Dann holte der Küster einige Holzstühle, und so fanden auch ihr Sohn und seine Familie noch Platz. Aufgeregt zappelten die achtjährigen Mädchen hin und her und konnten das Ende des Gottesdienstes kaum erwarten. Zwar fiel die Ansprache des Pastors heute recht kurz aus, aber das Krippenspiel war sehr schön. Dennoch waren alle froh, als endlich das Schlusslied gesungen wurde, und alle strömten eilig aus der Kirche hinaus.

„Jetzt bin ich aber wirklich auf das Essen von Werner gespannt!", meinte Anke´s Mutter.

„Ich auch!"

„Und ich erst", sagte auch Thomas augenzwinkernd.

„Hoffentlich hat er sich nicht zu viel vorgenommen", hoffte Anke`s Vater zweifelnd.

„Wir werden sehen", mit diesem Satz beendete Anke die Spekulationen über dieses Thema.

Als sie zurück kamen, stand Werner im Esszimmer vor der geöffneten Anrichte und suchte einige Schalen aus.

„Jetzt kannst Du mir helfen das Essen zu servieren", bat er seine Frau. „Und Du kannst schon mal für die Getränke sorgen", beauftragte er Thomas.

Anke staunte sehr, denn Werner hatte

tatsächlich eine Gans in den Ofen geschoben, und dazu gab es Rotkohl und selbst gemachte Klöße. Die Sauce war durch das Andicken etwas klumpig geraten, das sah sie auf den ersten Blick. Aber das war nicht so schlimm, fand sie. Sie war wirklich sehr gerührt, als sie sah, wie viel Arbeit Werner sich gemacht hatte, um sie zu überraschen. Etwas merkwürdig roch es allerdings immer noch, woher das wohl kam? Aber sie mochte ihren eifrigen Hobbykoch nicht danach fragen. Außerdem hatte er ihre geliebte Küche in ein wahres Schlachtfeld verwandelt, aber auch das konnte man schließlich wieder in Ordnung bringen.

„Ich brauche noch die ganz große Platte für die Gans, wo ist sie?", wollte Werner wissen.

„Die nimmt im Schrank so viel Platz weg, und wir brauchen sie so selten, die steht im Keller. Ich hole sie schnell", erbot sich Anke und lief los. Endlich stand das Essen auf dem Tisch und ihre Gäste schauten erwartungsvoll auf Werner, der mit dem Tranchierbesteck vor der Platte mit der gebratenen Gans stand. „Ich hoffe, es schmeckt Euch allen – guten Appetit!", wünschte er und begann damit das Geflügel zu zerteilen. Doch oh Schreck, dabei stellte sich heraus, dass er in seinem Eifer und dem Bestreben alles richtig zu machen, schlicht und einfach vergessen hatte den Beutel mit dem Gekröse, der im Inneren der Gans steckte, zu entfernen. Daher der komische Geruch, dachte Anke erschrocken.

„Aber die im Internet vorgeschlagenen Füllungen mochte ich nicht, daher dachte ich, das Fleisch schmeckt sicher auch ohne", entschuldigte Werner sich sehr verlegen.

„Und der etwas eigenartige Geruch ist Dir nicht aufgefallen, mein Junge?", fragte seine Schwiegermutter.

„Nein, ich dachte, das muss so sein, schließlich gab es noch nie Gänsebraten bei uns, deshalb dachte ich, das wäre mal etwas ganz Besonderes für Euch alle", erläuterte Werner.

„Probieren wir das Fleisch erst mal", schlug sein Schwiegervater vor und spießte sich mutig ein Stück auf. Dann verzog er erschrocken das Gesicht. „Sei bitte nicht böse, aber es schmeckt etwas nach Plastik", sagte er.

„Nein, das darf nicht wahr sein!", rief Werner und probierte ebenfalls einen Bissen.

„Du hast recht", musste er zerknirscht zugeben.

„Na dann essen wir heute eben mal fleischlos oder willst Du einen Pizzadienst anrufen?", fragte Thomas.

„Du spinnst wohl, die haben um diese Zeit heute doch alle schon zu", widersprach ihm seine Frau Jana.

„Ach, nur keine Panik, ich habe noch Hähnchennuggets im Eisfach, die kann ich schnell braten. Den Rest stellen wir solange warm", schlug Anke vor.

„Oh ja", riefen die Zwillinge im Chor.

„Was für eine Blamage, und meine schöne Überraschung ist auch hin", stöhnte Werner.

Aber Anke nahm ihn in die Arme und antwortete: „Aber das macht doch nichts, für mich zählt einzig und allein der gute

Wille! Wenn Du uns im nächsten Jahr wieder bekochen möchtest, dann suchst Du Dir besser etwas Einfacheres aus als gerade Gänsebraten! Wie bist Du nur darauf gekommen? Den hatten wir doch noch nie."

„Gerade deshalb ja", entgegnete Werner. Schnell halfen alle die gefüllten Schüsseln mit den Beilagen wieder in die Küche zu tragen und in den Backofen zu stellen, um alles warm zu halten. Anke briet die Hähnchennuggets, während ihre Mutter schon damit begann die Küche ein wenig aufzuräumen. Die anderen Gäste warteten währenddessen im Esszimmer. Und als Werner den Nachtisch servierte, waren sich alle einig, dass es trotz des kleinen Missgeschicks ein köstliches Essen gewesen war. Dann hob Werner die Tafel auf, und zur Freude der ungeduldigen Zwillinge rief er: „Jetzt aber endlich auf zur Bescherung!"

# Die Weihnachtsaktion

Selbstverständlich bereitete man sich auch in dem örtlichen Tierheim auf das Weihnachtsfest vor. Am letzten Sonntag im November war in diesem Jahr der letzte Tag der offenen Tür gewesen, und seitdem stapelten sich schon jede Menge liebevoll verpackte Spendenpäckchen im Büro. Und immer noch kamen fast täglich Leute, die eine Spende abgeben wollten, worüber sich die Mitarbeiter und Mitarbeiterinnen des Tierheimes sehr freuten. Zu Weihnachten waren die Herzen der Menschen eindeutig offener als zu anderen Zeiten.

Heute war auch Lori wieder da, die ihre letzen Urlaubstage abgebummelt hatte. In der Frühstückspause, als alle zusammen saßen, erzählte sie, dass sie während ihrer freien Tage ein Buch gelesen hatte, in dem es darum ging, dass in einem Tierheim in Amerika jemand die grandiose Idee gehabt hatte, über die Feiertage sogenannte „Hundepaten" zu suchen. Diese Leute konnten zwei Wochen vor Weihnachten probeweise einen Hund bei sich aufnehmen, ihn über die Feiertage behalten und ihn im neuen Jahr dann auch wieder abgeben. Wie sich herausgestellt hatte, waren allerdings nur wenige Tiere zurück gekommen, da ihre Paten sich in diesen wenigen Tagen schon so sehr an ihre vierbeinigen Gäste gewöhnt hatten, dass sie ihnen dauerhaft ein Zuhause geben wollten.

„Das entlastet das Personal über die Feiertage, und den Tieren tut es auch gut, was haltet Ihr davon?", erkundigte sie sich bei ihren Kollegen. Helmut schüttelte sofort abwehrend den Kopf.

„Das halte ich für keine gute Idee", erklärte er kategorisch. „Vor Weihnachten geht es doch überall hektisch zu, und für die Hunde ist es auch nicht schön, wenn sie anschließend wieder zurück in ihre Zwinger müssen", meinte er.

Christin dachte darüber nach und meinte schließlich: „Man müsste sich dabei die entsprechenden Leute natürlich genau ansehen, aber einen Versuch wäre es eventuell wert."

So entspann sich eine lebhafte Diskussion über dieses Thema. Am Ende bat Rosi, die Leiterin des Tierheimes, Lori ihr dieses Buch doch einmal mitzubringen, damit sie sich selbst ein Bild machen konnte. Natürlich versprach Lori das sofort und brachte das gewünschte Taschenbuch am nächsten Tag auch gleich mit zur Arbeit. Einige Tage später saßen wieder alle beim gemeinsamen Frühstück, als Rosi das Gespräch erneut auf dieses Thema brachte.

„Ich habe das Buch auch gelesen – es ist wirklich eine rührende Geschichte. Ich denke, einen Versuch wäre es sicher wert, aber ich glaube, nicht alle unsere Hunde eignen sich für so ein Experiment. Und mit den Katzen geht das schon gar nicht. Aber ich finde, wir sollten in den beiden Tageszeitungen einen entsprechenden Aufruf starten, und dann sehen wir weiter, ob bei den Leuten überhaupt Interesse daran besteht. Ihr könnt Euch ja vielleicht auch im Bekanntenkreis umhören, ob sich da jemand findet, der sich an der Aktion beteiligen möchte."

So geschah es, und tatsächlich gleich nach Erscheinen des Artikels in den Zeitungen gab es die ersten Nachfragen. Eine Frau meldete sich und erzählte, dass ihre Kinder sich schon lange ein Tier wünschten. Beide hatten schon mehrfach hoch und heilig versprochen sich auch ganz bestimmt gut darum zu kümmern. Natürlich befürchtete sie trotzdem, dass dieses Versprechen im Alltag letztlich nicht lange Bestand haben würde. Und, wenn so ein Tier erst in der Familie war, dann konnte man es doch nicht so ohne weiteres wieder abschieben, fand sie. Die Möglichkeit das unverbindlich zu testen, gefiel ihr sehr gut. Sie musste lediglich ihren Mann noch davon überzeugen es zu riskieren, berichtete sie treuherzig. Ein älterer Herr kam vorbei, und schaute sich die infrage kommenden Hunde an. Eigentlich fühlten er und seine Frau sich zu alt, um sich noch um ein Tier kümmern zu können, aber als er den alten Mops sah, der ihn mit seinen treuen Augen fragend ansah, da war es schon fast um ihn geschehen, das sah man seinem Gesicht deutlich an.

„Wie heißt er, und wie alt ist er?", fragte er.

„Das ist unser Benny, und er ist schon neun Jahre alt, daher ist er leider schwer zu vermitteln. Die meisten Leute möchten gern ein jüngeres Tier – schade, dabei ist er noch ziemlich fit und so ein hübsches Kerlchen!", erklärte Lori ihm.

„Braucht er viel Bewegung?", fragte der ältere Herr.

„Nein, in dieser Hinsicht ist er sehr pflegeleicht. Er ist zwar gern an der frischen Luft, passt sich aber gut dem Tempo derjenigen an, die mit ihm spazieren gehen. Das Allerwichtigste ist auf jeden Fall, dass er liebevoll behandelt wird", versicherte sie ihm.

Dem alten Herrn fiel der Abschied von dem niedlichen Benny sichtlich schwer, aber er konnte diese Entscheidung nicht ohne die Zustimmung seiner Frau treffen, daher wollte er am nächsten Tag mit ihr noch einmal vorbei kommen. Und auch seine Ehefrau konnte dem tollpatschigen

Charme von Benny offenbar nicht lange widerstehen, also nahmen die beiden ihn gleich mit.

„Ich glaube nicht, dass wir den je wiedersehen", lachte Rosi.

Es fanden sich noch etliche Kandidaten, die später aufgrund der ausdrücklichen Versicherung, die Tiere notfalls ohne jegliches Problem wieder zurück geben zu können, einen Hund mit nach Hause nahmen. Und so kam es, dass am Tag vor dem Heiligen Abend tatsächlich nur noch drei von ursprünglich achtzehn Hunden im Tierheim geblieben waren.

„Ich bin wirklich gespannt wie viele von unseren Schützlingen wir nach Neujahr zurück bekommen werden", meinte Helmut skeptisch.

„Ich auch", gab Christin zurück und Lori nickte.

Aber die Aktion erwies sich tatsächlich als sehr erfolgreich. Lediglich eine Hündin wurde nach den Feiertagen zurück gebracht, und das aus dem Grund, weil sich herausgestellt hatte, dass ein Familienmitglied eine starke Allergie gegen Tierhaare hatte, was bis dahin niemand gewusst hatte.

„Unsere Tochter hat furchtbar geweint, als sie erfuhr, dass ihr Vater nicht mit einem Hund unter einem Dach leben kann", erklärte ihre Mutter bedauernd, während das kleine Mädchen tränenreich Abschied von ihrem neuen Freund nahm. Wenige Tage später rief die Dame allerdings noch einmal im Tierheim an und fragte, ob Melly noch zu haben sei. Ihre Nachbarn hatten die Kleine öfter mit dem Hund gesehen und gefragt, warum er nicht mehr da war. Daraufhin hatte sie ihnen die Situation erläutert, und die beiden gutmütigen Leutchen erklärten sich sofort bereit, sofern Lena weiterhin regelmäßig mit Melly Gassi gehen und die Familie die Kosten für Futter und Tierarztbesuche übernehmen würde, die Hündin bei sich aufzunehmen. Das war doch ein ganz wunderbarer Kompromiss für alle, fand Christin. Also wurde Melly wenig später von der kleinen Zoe und einem sehr sympathischen, älteren Paar wieder abgeholt.

„Das machen wir auf jeden Fall im nächsten Jahr wieder", beschlossen die Mitarbeiter des Tierheimes - dieses Mal einstimmig, denn sogar Helmut hatte sich letztlich, wenn auch widerstrebend, überzeugen lassen.

# Der ratlose Weihnachtsmann

„Zu Weihnachten sollen sich alle Kinder freuen und einen Herzenswunsch erfüllt bekommen!", hatte der Weihnachtsmann gesagt. Deshalb waren alle Engel, die in der großen Himmelswerkstatt beschäftigt waren, jetzt auch ganz besonders fleißig gewesen. Alle taten ihr Bestes, um die vielen Kinderwünsche, die bis dahin den Weihnachtsmann erreicht hatten, zu erfüllen. Ein Wunschzettel bereitete dem Weihnachtsmann allerdings Sorge. Ein kleiner Junge namens Lukas hatte ihm geschrieben. Als er den Brief las, runzelte der Weihnachtsmann ratlos die Stirn. Der Kleine teilte ihm nämlich mit, dass seine Eltern sich in der letzten Zeit offenbar ganz und gar nicht mehr verstanden. Seit Wochen ging sein Papa fast jeden Abend fort und weigerte sich, der Familie zu erzählen wohin er wollte. Seine Mama machte das sehr böse, und Lukas war traurig, wenn sie mit seinem Papa deswegen schimpfte. Nun wünschte er sich nichts sehnlicher, als dass Mama und

Papa sich wieder vertragen sollten; wenn ihm dieser Wunsch erfüllt würde, dann wollte er sich gar nichts weiter wünschen, so hatte er geschrieben. Aber wie sollte der Weihnachtsmann das bewerkstelligen? Wie schon so oft, hatte seine Frau eine gute Idee. Sie schlug nämlich vor, dass ihr Mann ein kleines Engelchen auf die Erde senden sollte, um herauszufinden, warum sich die Eltern von Lukas nicht mehr verstanden. Vielleicht gab es doch eine Lösung für das Problem des Jungen.

„Aber welchem Engel soll ich diese Aufgabe anvertrauen und ihn zur Erde schicken?", überlegte der überforderte Weihnachtsmann.

„Da solltest Du Petrus fragen, der kennt seine Engelschar doch am allerbesten!", antwortete Frau Weihnachtsmann.

Also machte sich der Weihnachtsmann auf den Weg zu Petrus und schilderte ihm sein Problem. Der überlegte einen Augenblick und sagte dann: „Ich könnte mir vorstellen, dass Angelo dafür der Richtige wäre. Ich werde ihn fragen, ob er sich das zutraut."

„Aber es muss bald geschehen", bat der Weihnachtsmann. „In drei Wochen ist Weihnachten!"

„Ich weiß, ich kümmere mich sofort darum", versprach Petrus. Und das tat er. Gleich am nächsten Tag rief er den Weihnachtsmann zu sich und sagte ihm, dass Angelo bereit sei, diese Aufgabe zu übernehmen. Angelo und Lukas sollten sich auf dem Spielplatz kennenlernen und anfreunden, so war sein Plan.

„Unter Kindern geht das ja ganz schnell", hatte er zu dem Weihnachtsmann gesagt. Notfalls konnte Angelo mit seinen himmlischen Kräften dabei auch etwas nachhelfen. Lukas würde seinem neuen Freund gewiss bald seinen Kummer anvertrauen, und dann würde man weitersehen. Diese Idee fand der Weihnachtsmann sehr gut, und er war zuversichtlich, dass er, wenn er das Problem von Lukas erst kennen würde, ihm auch helfen konnte.

Und so geschah es. Angelo wurde am nächsten Tag zur Erde geschickt, und er hatte Glück, denn er brauchte gar nicht lange warten, da erschien Lukas auf dem Spielplatz. Er setzte sich auf eine Bank, die ein wenig abseits neben dem großen Klettergerüst stand, und begann leise zu weinen. Da konnte Angelo einhaken. Er setzte sich dazu und sagte erst mal eine Weile gar nichts, sondern ließ Lukas einfach nur vor sich hin schluchzen. Dann holte er ein Taschentuch aus seiner Hosentasche und reichte es ihm. Lukas stutzte, aber dann nahm er das Taschentuch entgegen, wischte sich die Tränen aus den Augen und putzte sich die Nase.

„Danke", sagte er nur und gab Angelo sein Taschentuch zurück.

„So schlimm?", fragte Angelo.

„Ja", antwortete er.

„Kann ich Dir helfen?", bot Angelo ihm an.

„Meine Eltern streiten nur noch", begann Lukas zögernd. „Mama meint, sie kann Papa gar nicht mehr vertrauen. Und er sagt, es geht dabei doch um eine Weihnachtsüberraschung für sie, deshalb ist er momentan abends so oft unterwegs, mehr will er uns nicht verraten, aber das glaubt sie ihm nicht."

„Das ist schlimm", antwortete Angelo. „Glaubst Du ihm das denn?"

„Ich weiß es nicht. Papa hat ihr wirklich nicht immer die Wahrheit gesagt. Er war eine Zeit lang arbeitslos und hat es nicht erzählt, sondern ist weiterhin jeden Tag aus dem Haus gegangen, so als wenn nichts geschehen wäre. Das hat Mama durch einen Zufall rausgekriegt und war sehr böse, auch wenn er es nur gut gemeint hat und sie schonen wollte. Inzwischen hat er aber wieder einen Job – zum Glück. "

Angelo legte Lukas den Arm um die schmalen Schultern und tröstete ihn: „Ich bin sicher, es wird alles wieder gut!"

„Glaubst Du?", schniefte Lukas.

„Bestimmt!", versicherte Angelo ihm. „Bald ist doch Weihnachten."

Lukas sah ihn ein wenig zweifelnd an, sagte aber nur: „Ich muss jetzt gehen, bist Du morgen wieder hier?"

„Ganz sicher", antwortete Angelo fest.

Nachdem Lukas fortgegangen war, folgte Angelo ihm um zu sehen wo er wohnte. Ganz vorsichtig spähte Angelo durchs Küchenfenster. Lukas und sein Papa saßen zusammen am Tisch, während seine Mama dabei war das Abendessen zuzubereiten. Und nachdem alle gegessen hatten, stand der Papa wieder auf und verabschiedete sich. Traurig sah Lukas ihm nach.

Angelo folgte dem Mann und sah, dass er nur zwei Straßen weiter eine Garage aufschloss. Darin stand ein kleines, blaues Auto. Der Papa von Lukas zog sich um, und begann daran herum zu schrauben. Angelo hatte genug gesehen. Er schwang sich in die Höhe und flog heimwärts in den Himmel. Er musste doch Petrus und dem Weihnachtsmann Bericht erstatten.

„Ich glaube, er will für seine Frau ein altes Auto wieder herrichten", erklärte er dem verblüfften Weihnachtsmann.

„Aber das ist doch eine ganz wunderbare Weihnachtsüberraschung für seine Frau", fand auch Petrus.

„Ja eben, aber wenn er ihr sagt was er

macht, dann ist das ja keine Überraschung mehr", verteidigte Angelo den Vater von Lukas.

Der Mann tat ihm leid, er wollte seiner Frau eine Freude machen und wurde dafür auch noch ausgeschimpft. Das war ganz und gar nicht in Ordnung, fand er.

„Du musst Lukas klarmachen, dass es ganz wichtig ist, dass er seinem Papa vertraut, mehr darfst Du ihm nicht erzählen!", schärfte der Weihnachtsmann Angelo ein.

Der nickte, und als er Lukas am nächsten Tag, wie verabredet, wieder auf dem Spielplatz traf, sagte er zu ihm: „Weißt Du Lukas, vor Weihnachten da haben die großen Leute alle ihre Geheimnisse. Ich bin sicher, dass Dein Papa nach dem Weihnachtsfest wieder öfter zuhause bleiben wird!"

Und als Lukas an diesem Tag wieder zurück nach Hause ging, war er schon ein wenig fröhlicher als zuvor. Angelo beobachtete den Vater von Lukas noch einige Male, und jedes Mal ging er zu der Garage und arbeitete an dem Auto. Eine

Woche vor Weihnachten machte er eine Probefahrt damit und war anschließend sehr zufrieden. Dann schloss er die Garage wieder ab und machte sich auf den Heimweg. In den letzten Tagen vor dem Fest blieb er abends zuhause. Er spielte mit Lukas und saß mit seiner Frau vor dem Fernseher, wenn Lukas im Bett war. Das erzählte Lukas seinem neuen Freund Angelo, wenn sich die beiden auf dem Spielplatz trafen.

„Siehst Du, ich habe es Dir doch gesagt, dass alles wieder gut wird!", meinte Angelo und fragte Lukas so ganz nebenbei: „Was wünscht Du Dir denn eigentlich vom Weihnachtsmann?"

„Dass Mama und Papa sich nie wieder streiten!", kam es prompt von Lukas.

„Ja, das weiß ich doch, aber was wünscht Du Dir für Dich selbst?", wollte Angelo wissen.

Lukas überlegte und meinte dann: „Ein Auto mit Fernsteuerung, das habe ich mir schon lange gewünscht, aber das ist sehr teuer, und wir müssen sparen, sagt meine Mama immer."

„Na warte das mal ab, es gibt ja noch den Weihnachtsmann", antwortete Angelo geheimnisvoll.

Zwei Tage später war Heiligabend, und der Weihnachtsmann machte sich mit seinem Schlitten auf den Weg zur Erde. Wie immer war sein Gefährt voll bepackt mit vielen großen und kleinen Päckchen. Dieses Mal durfte Angelo ihn begleiten. Natürlich hatten sie auch für Lukas ein Geschenk dabei – ein blaues Auto mit Fernsteuerung, das genauso aussah, wie das richtige Auto, das jetzt auf einem Parkplatz vor dem Haus stand, in dem Lukas wohnte. Es würde ganz sicher für ihn und seine Eltern ein besonders schönes Weihnachtsfest werden, dachte Angelo zufrieden, als sie mit dem Schlitten weiter flitzten, und der Weihnachtsmann ihm verschwörerisch zublinzelte.

# Weihnachtsurlaub

In diesem Jahr wollten Henrike´s Eltern auch zu Weihnachten mit ihr in den Urlaub fahren.

„Dann hat niemand Stress zum Fest!", so hatte ihre Mutter Henrike das erklärt. In den letzen Jahren hatten sie den Heiligen Abend immer zuhause  verbracht, und sich am ersten Feiertag mit ihren Großeltern, Tante Marlene und Onkel Arndt getroffen. Das war leider für die Erwachsenen nicht immer spannungsfrei verlaufen, so viel hatte sogar Henrike mitbekommen, obwohl sie erst fünf Jahre alt war. Aber schon wochenlang vorher konnten die Erwachsenen sich nur schwer einigen wo man denn essen gehen wollte, wer anschließend für die Kaffeetafel sorgen sollte und dergleichen mehr.

„Dem gehe ich lieber aus dem Weg", hatte ihr Vater gesagt und seinen „beiden Mädchen", wie er sie nannte, in diesem Jahr vorgeschlagen zu Weihnachten einfach Urlaub zu machen. Henrike gefiel diese Idee gar nicht, sie konnte sich nicht vorstellen Weihnachten nicht zuhause zu feiern.

„Wie kann der Weihnachtsmann denn wissen, dass wir woanders sind, und er die Geschenke dort hinbringen muss?", erkundigte sie sich ängstlich bei ihrer Mama.

„Wir schreiben ihm das mit auf Deinen Wunschzettel, keine Sorge!", beruhigte ihre Mutter sie.

Damit musste Henrike sich zufrieden geben. Ihre Eltern hatten während des Sommers schon viele Reiseprospekte gewälzt und sich dann entschlossen, die Weihnachtstage in einem kleinen Familienhotel im Harz zu verbringen. Der bunte Prospekt versprach, dass jedes Appartement gemütlich eingerichtet sei. Es gab einen Kinderclub zur Unterhaltung der kleinen Gäste, und das Hotel verfügte sogar über ein Schwimmbad.

„Vielleicht haben wir dort auch Schnee zu Weihnachten!", hoffte ihr Vater, dem das Schmuddelwetter in seiner Heimat so gar nicht gefiel. Die Aussicht auf Schnee reizte sogar Henrike. Ihr Papa hatte versprochen in diesem Urlaub ganz viel Zeit mit ihr zu verbringen und wenn möglich, mit ihr auch Schlitten zu fahren. Schließlich freute sie sich doch auf dieses Weihnachtsabenteuer, selbst wenn ihre Großeltern nicht begeistert waren, ihre Enkelin in diesem Jahr zu Weihnachten nicht sehen zu können. Auch Tante Marlene schien ein wenig enttäuscht zu sein, hatte aber trotzdem versprochen, dass der Weihnachtsmann für Henrike auch bei ihr in diesem Jahr ein Geschenk für sie dalassen würde. Das sollte ihre Nichte dann nach ihrer Rückkehr im neuen Jahr erhalten.

Schließlich war der zweiundzwanzigste Dezember gekommen, und Henrike´s Mama packte die Koffer für die ganze Familie. Vor allem dicke Sachen suchte sie aus dem Schrank, denn im Harz war laut Wetterbericht tatsächlich in den nächsten Tagen Schnee zu erwarten.

„Aber Teddy musst Du unbedingt mit einpacken, sonst kann ich gar nicht schlafen", bat Henrike.

„Möchtest Du den nicht lieber erst morgen, wenn wir abfahren, mit ins Auto nehmen? Sonst musst Du heute ohne ihn einschlafen", erwiderte ihre Mama. Daran hatte Henrike gar nicht gedacht. Sie drückte ihren Teddy ganz fest an sich und nickte.

Am nächsten Morgen wurde sie von ihrer Mama recht früh geweckt.

„Aufstehen, meine Süße. Es geht los", sagte sie.

Noch ganz verschlafen rieb sich Henrike die Augen. Dann schnappte sie sich ihren Teddy und setzte ihn in den Flur, wo die gepackten Koffer schon bereit standen. Sie wolle ihren Liebling auf keinen Fall vergessen. Gleich nach dem Frühstück saß die Familie im Auto und rollte ihrem Urlaubsziel entgegen. Henrike hielt Teddy fest im Arm, sie war sehr aufgeregt. Ob es ihr in dem Hotel wohl gefallen würde?

„Sind da auch noch andere Kinder zum Spielen?", fragte sie hoffnungsvoll.

„Ganz bestimmt, deshalb gibt es dort ja den Kinderclub, das haben wir Dir doch schon erzählt", erinnerte ihr Vater sie.

Schon kurz nach der Abfahrt hatte es zu regnen begonnen, und später mischten sich sogar schon die ersten Schneeflocken darunter. Je näher sie ihrem Ziel kamen, desto heftiger schneite es.

„Aber wir haben doch meinen Schlitten gar nicht mitgenommen", sorgte sich Henrike.

„Im Hotel kann man ganz sicher einen Schlitten leihen!", beruhigte ihr Papa sie.

„Meinst Du?", fragte sie zurück.

„Klar, bestimmt!", versicherte auch ihre Mama. „Wenn es bis dahin genug Schnee gegeben hat, dann können wir vielleicht sogar morgen vor der Bescherung noch Schlitten fahren. Was meinst Du dazu?"

Henrike freute sich, und nur wenig später bog ihr Papa in die breite Einfahrt, die zum Hotel führte. Das war ein großes Haus, das schon von außen einen sehr gepflegten Eindruck machte. Die junge Dame am Empfang begrüßte sie sehr freundlich, gab ihnen ihren Schlüssel, und ein Hausdiener holte eifrig die Koffer aus dem Wagen. Ihr Zimmer in dem Appartement gefiel Henrike bestens. Es war recht groß und mit hellen Möbeln und fröhlichen, bunten Farben eingerichtet. Dann gab es noch ein Elternschlafzimmer, ein gemütliches Wohnzimmer und ein geräumiges Bad. Auf dem Tisch im Wohnraum stand sogar ein Tannengesteck mit einer dicken Kerze. Nachdem sie ihre Koffer ausgepackt hatten, machten sie sich zunächst einmal daran das Hotel genauer zu erkunden. Und nach dem Mittagessen zeigten die Eltern Henrike auch den Kinderclub im Nebengebäude. Heute Nachmittag konnten die Kinder dort unter Anleitung Weihnachtsschmuck basteln.

„Möchtest Du vielleicht mitmachen?", wurde Henrike gefragt.

Aber sie wollte lieber mit ihren Eltern in den kleinen Ort fahren und anschließend nach den Pferden im Stall schauen. Die Gäste durften auch die Pferde bewegen, und ein Reitknecht hob Henrike gleich auf eines der Ponys. Das war ein gutmütiges Tier, das sich auch bereitwillig von ihr streicheln ließ.

„Heute ist es zu spät", sagte Josef, der

Reitknecht, zu Henrike, „aber morgen früh kannst Du kommen, und dann drehen wir eine Runde mit dem Pony."

Henrike war sofort total begeistert und erzählte noch den ganzen Abend von dem geduldigen Pony. Als sie dann von ihrer Mama ins Bett gebracht wurde, fielen ihr vor Müdigkeit schnell die Augen zu.

Am nächsten Tag war Heiligabend, und in der großen Hotelhalle stand schon der festlich geschmückte Tannenbaum. Er leuchtete vorwiegend in Gold und Blau, und Henrike bestaunte seine enorme Größe. Solch eine riesige Tanne hätte nie in ihr Wohnzimmer gepasst. Die würde dem Weihnachtsmann bestimmt auch gefallen, meinte sie. In einer anderen Ecke des Raumes war eine riesige Krippe aufgebaut. Die Figuren waren fast lebensgroß. So etwas Schönes hatte Henrike noch nie gesehen und stand in ehrfürchtigem Staunen davor. Nach dem Frühstück drängte sie ihre Mama mit ihr in den Stall zu gehen, damit sie das kleine Pony wiedersehen konnte.

„Oder möchtest Du in den Kinderclub gehen?", fragte ihr Papa sie.

„Nein, ich bleibe lieber bei Euch", war die Antwort.

Henrike fürchtete sich ein wenig vor den vielen fremden Kindern, aber das mochte sie nicht zugeben. Der Junge, der mit seinen Eltern an ihrem Tisch saß, er hieß Lenny, war gestern allerdings sehr nett zu ihr gewesen. Und es war auch Lenny, der sie beim Frühstück fragte: „Heute Abend kommt der Weihnachtsmann, freust Du Dich auch so darauf? Vielleicht magst Du gleich mit mir eine Schneeballschlacht machen?"

„Das ist eine gute Idee", redete Henrike´s Mama ihrer Tochter zu.

„Aber ich möchte doch dem Pony Hallo sagen", wandte Henrike ein.

„Das können wir ja auch machen, und wenn genug Schnee gefallen ist, kann man hier sogar Skifahren lernen, wusstest Du das?", fragte Lenny.

Henrike schüttelte den Kopf.

„Ich zeige Dir gleich alles", versprach er.

Den restlichen Vormittag verbrachten die

beiden zusammen draußen.

„Nachher kommt der Weihnachtsmann, aber vorher gehen wir in die Kirche und schauen uns das Krippenspiel an", erzählte Lenny ihr bei Tisch. Da sich inzwischen auch die beiden Elternpaare miteinander schon angefreundet hatten, beschlossen die Familien, zusammen in die Kirche zu gehen.

Auf dem Weg dahin setzte erneut Schneefall ein.

„Wenn es so weiter schneit, dann können wir morgen endlich Schlitten fahren", kündigte Henrike´s Vater vergnügt an.

Der Familiengottesdienst in der kleinen Dorfkirche gefiel allen gut. Aber die Kinder rutschten natürlich die ganze Zeit vor Aufregung in den Bänken hin und her und waren froh, als es endlich heimwärts ging. In der Halle strahlten die Kerzen am Tannenbaum, und auch die Krippe war hell erleuchtet.

„Um fünf Uhr sollen wir uns alle pünktlich hier in der Halle versammeln, dann kommt der Weihnachtsmann."

Das hatte Lenny in Erfahrung gebracht. Und nachdem sie sich alle in ihren Appartements umgezogen hatten, gingen Henrike und ihre Eltern wieder nach unten. Lenny und seine Eltern erwarteten sie schon. Nach und nach kamen auch die anderen Gäste, und als das Glöckchen dann hell erklang, erschien auch der Weihnachtsmann. Er kam tatsächlich mit einem Schlitten vorgefahren und hatte einen großen, schweren Sack dabei, den er von der Ladefläche hievte. Die beiden Pferde, die den Schlitten zogen, kamen Lenny vage bekannt vor. Hatten der große Braune und die etwas hellere Stute nicht mit im Stall gestanden? Aber er war sich nicht sicher, daher sagte er nichts und schob diesen Gedanken schnell beiseite. Der Weihnachtsmann im roten Anzug begrüßte die Gäste des Hotels herzlich und fragte, ob man für ihn denn ein Weihnachtslied singen könnte.

„Vielleicht leise rieselt der Schnee? Das ist mein Lieblingslied", bat er. Dieses schöne alte Weihnachtslied kannten wohl die meisten, und der Weihnachtsmann war sehr zufrieden. Dann begann er sofort damit seinen Sack aufzuschnüren und holte ein Päckchen nach dem anderen hervor. Auf jedem Geschenk war ein Zettel mit dem Namen des Kindes, für das es bestimmt war. Bald hörte man Jubelrufe durch die große Halle schallen und schaute in lauter fröhliche Kindergesichter. Als der Sack dann geleert war, verabschiedete sich der liebe Weihnachtsmann mit dem Hinweis darauf, dass er schließlich heute noch etliche weitere Kinder beschenken musste, und verschwand. Einige Kinder winkten ihm nach, bis der Schlitten um die Hausecke verschwand. Als er fort war, drückte Henrike selig einen weiteren Teddy an ihr Herz. Einen Bruder für ihren Bären, den hatte sie sich doch schon so lange gewünscht! Auch Lenny freute sich über das neue ferngesteuerte Auto und ließ es gleich bis zur Krippe sausen. Dort erwartete ihn und Henrike allerdings eine kleine Überraschung, denn auch das Jesuskind hielt einen kleinen, braunen Teddy im Arm – ob das auch ein

Geschenk des lieben Weihnachtsmannes gewesen war?

# Familie Schneemann

In diesem Jahr war zur Freude der Kinder im Rosodenweg der Winter recht früh gekommen. Schon tagelang hatte es ohne Unterlass geschneit, und die meisten Erwachsenen stöhnten bereits, weil sie jeden Morgen die Bürgersteige und auch viele Autos von der Schneelast befreien mussten. Auch Sabrina, Julian und Kolja freuten sich über den Schnee und beschlossen auf die große Grünfläche des Mietshauses, in dem sie wohnten, einen Schneemann zu stellen. Es dauerte gar nicht lange, dann war er fertig. Er hatte Augen aus Grillkohle und eine mächtige Möhrennase erhalten. Da kam das alte Ehepaar Lüdtke nach Hause. Natürlich bestaunten sie schnell den prächtigen Schneemann gebührend, aber Herr Lüdtke meinte, er hätte für die Kinder noch etwas, womit sie den Eismann noch mehr herausputzen könnten. Kurze Zeit später kam er wieder nach draußen und setzte dem Schneemann eine alte Schlägermütze schräg auf den Kopf. Außerdem schenkte er den Kindern auch eine von seinen ausrangierten Pfeifen. Tatsächlich, mit dieser Kostümierung sah der weiße Kerl wirklich verwegen aus.

„Jetzt braucht er aber noch eine Frau", regte Sabrina an. „Wir haben doch genug Schnee!"

Also wurden noch einmal mehrere dicke Schneebälle zusammengerollt, und bald hatte der Schneemann Gesellschaft.

„Ich frage Mama ob sie auch etwas zum Anziehen für unsere Schneefrau hat", sagte Sabrina und lief kurz nach oben.

Dann kam sie mit einem kleinen Hütchen, das vorn einen kurzen Schleier hatte, und einer bunten Holzperlenkette zurück.

„Das hat Mama aus der Faschingskiste hervor geholt", erklärte sie und lachte fröhlich, denn mit dem kessen Hütchen und der Kette um den Hals gefiel ihr auch die Schneefrau noch besser. Das fanden die beiden Jungen ebenfalls. Nachdem sowohl die Mama von Sabrina als auch die Eltern der Jungen das großartige Schneemannpärchen bestaunt hatten, sollten die Kinder ins Haus kommen. Sie waren inzwischen alle durchgefroren und außerdem begann es zu dämmern. Am nächsten Tag bekam Sabrina Besuch von ihrer Freundin Larissa. Sabrina hatte ihr in der Schule ganz begeistert von dem Schneepärchen erzählt. Natürlich war Larissa neugierig und wollte es gern selbst anschauen.

„Eigentlich könnten wir ihnen doch noch zwei Kinder machen, dann sind sie eine richtige Familie", schlug Larissa vor.

„Das ist eine gute Idee", fand auch Sabrina, und so machten sich die beiden Mädchen erneut an die Arbeit. Und daher dauerte nicht lange, da standen zwei kleinere Schneemänner neben dem großen Pärchen.

„Komm, wir fragen Deine Mama mal ob sie auch für die beiden Schneekinder etwas aus der alten Verkleidungskiste heraussuchen kann", bat Larissa. Und schon stürmten die Mädchen erneut ins Haus.

„Wollen wir doch mal schauen", sagte Sabrina´s Mama und begann in der großen Kiste zu kramen. Schließlich zog sie einen kleinen, karierten Rucksack daraus hervor, eine gelbe Wollperücke, einen kleinen, bunten Kinderschirm mit Blümchen und ein hellblaues Käppi.

„So, das müsste reichen", meinte sie.

Dann zog sie sich einen Mantel über und kam mit nach draußen, um sich die komplette Familie anzuschauen. Der Schneemannjunge bekam den Rucksack auf den Rücken geschnallt, und dann wurde ihm das Käppi aufgesetzt. Das Mädchen bekam lustige, gelbe Wollhaare und hielt den aufgespannten Schirm im Arm. Zufrieden betrachteten sie ihr gemeinsames Werk, als die beiden Jungen wieder zum Spielen nach draußen kamen. Kolja und Julian waren ebenfalls von der eiskalten Familie begeistert, und als wenig später ihr Papa nach Hause kam, musste er natürlich sofort mit in den Garten kommen, um sich ihre Kunstwerke anzusehen.

„Das habt Ihr wirklich prima gemacht", lobte er die Kinder und rief sofort einen alten Freund an, der bei der hiesigen Tageszeitung arbeitete. Der würde am nächsten Nachmittag herkommen, um einen kleinen Artikel und ein Foto der ungewöhnlichen Familie zu machen.

„Dann kommen sie in die Zeitung, und er schreibt bestimmt auch Eure Namen mit in seinen Bericht", verkündete er anschließend. „Auf diese Weise leben sie noch lange weiter, wenn im Frühjahr der Schnee schmilzt", so hatte er hinzugefügt. Und gerade diese Worte waren es, die Kolja einfach nicht aus dem Kopf gingen. Sie hatten sich doch solche Mühe gegeben die Schneefamilie fertigzustellen das war alles umsonst, wenn es wieder wärmer werden würde. Da konnte wohl nur ein Wunder helfen. -

In diesen Tagen herrschte im Himmel, wie immer kurz vor Weihnachten, betriebsame Hektik. Vor allem die kleinen Engel in der Poststelle hatten alle Hände voll zu tun, um die eingegangenen Wunschzettel zu sortieren und in den richtigen Abteilungen abzugeben. Der Weihnachtsmann saß in seinem Büro und plante schon seine diesjährige Weihnachtstour, als es leise an der Tür klopfte.

„Herein", rief er, und im nächsten Moment stand ein hübsches, blondes Engelchen vor ihm und reichte ihm schüchtern einen Wunschzettel.

„Den soll ich Dir geben, wir können ihn nicht so richtig zuordnen", sagte es.

Der Weihnachtsmann stutzte, nahm den Zettel entgegen, und warf einen Blick darauf.

„Da hast Du recht, das ist wirklich ein sehr ungewöhnlicher Wunsch", meinte er. Auf dem Wunschzettel stand nämlich Folgendes:

**Lieber Weihnachtsmann!**

**Ich wünsche mir einen Teddy und ein Ninja-Sammelalbum.**
**Aber vor allem möchte ich, dass unsere Schneemannfamilie nicht sterben muss, wenn der Winter vorbei ist.**

**Dein Kolja, vom Resedenweg**

Da war guter Rat echt teuer, fand der Weihnachtsmann. Es war ja immer so gewesen, dass alle Schneemänner auf der Erde nur ein relativ kurzes Leben hatten, das war nun einmal nicht zu ändern oder doch? Er überlegte hin und her, und am Ende hatte er eine Idee. Die musste er allerdings auch mit seinen Rentieren besprechen, denn ohne ihre Hilfe konnte er seinen Plan nicht in die Tat umsetzen. Aber zuerst besprach er die Sache, wie immer, mit seiner Frau. Die fand seine Idee richtig gut und redete ihm zu, Rudolph, Donner, Blitz und die Anderen einfach zu fragen, ob sie ihm helfen würden. Kolja´s Brief hatte sie sehr gerührt. Wie schön war es doch, wenn die Kinder immer noch daran glaubten, der Weihnachtsmann und seine vielen Helfer könnten alle, wirklich alle, ihre Wünsche erfüllen. So kam es, dass ihr Mann am Abend in den Rentierstall ging, um mit den Tieren zu sprechen. Zunächst waren sie wenig begeistert, die weite Reise zur Erde innerhalb so kurzer Zeit gleich zwei Mal machen zu müssen, aber als der

Weihnachtsmann ihnen dafür noch eine zusätzliche Ration Heu und jede Menge frische Möhren und Äpfel versprach, da waren sie schnell bereit ihm zu helfen.

Bis kurz nach Weihnachten blieb es kalt. Am Tag vor Silvester allerdings schlug das Wetter jäh um. Da wusste der Weihnachtsmann, jetzt musste er handeln. Also spannte er erneut die Rentiere vor seinen großen Schlitten und sauste so schnell es ging zur Erde. Direkt vor der Schneemannfamilie brachte er dann sein Gefährt zum Stehen.

„Wir bringen Euch zum Nordpol, da herrscht ewiger Winter, und Ihr könnt dort ewig weiterleben. Was haltet Ihr davon?", fragte er das Schneemannpärchen.

„Oh ja, natürlich wollen wir das!", rief der Schneemannpapa sogleich, und seine Frau nickte heftig. Sie hatte bereits etliche Tränen vergossen, weil sie wusste, dass ihre Tage hier im Resedenweg gezählt waren.

„Na los, dann kommt schnell und klettert sofort mit auf den Schlitten", rief der

Weihnachtsmann. Kaum saßen alle darin, zogen die Rentiere an, und wieder sauste der Schlitten durch die Nacht. Kolja, der nicht schlafen konnte, hatte am Fenster gestanden und alles beobachtet. Er rieb sich die Augen. Konnte das denn sein? Aber er hatte ja auch den Teddy und das Sammelalbum, das er sich so gewünscht hatte, vom Weihnachtsmann erhalten, also hatte der seinen Wunschzettel ganz sicher gelesen. Wenig später wurde er doch müde und legte sich wieder ins Bett. Am nächsten Morgen spähte er aus dem Fenster, und staunte. Tatsächlich, die Schneemannfamilie war fort! Nicht einmal Reste von ihr waren noch zu sehen. Aber als er seiner Mama und seinem Freund Julian erzählte, was er in der Nacht gesehen hatte, da wollten die ihm das natürlich nicht glauben.

„Das hast Du sicher nur geträumt", meinte auch sein Papa.

„Aber komisch ist es doch, dass nichts von den Sachen, die wir ihnen angezogen haben zurückgeblieben ist, meint Ihr nicht?", fragte er.

Das konnten seine Eltern allerdings nicht leugnen, meinten aber, auch dafür gäbe es bestimmt irgendwann eine Erklärung. Und weil kein Teil davon jemals wieder aufgetaucht ist, war Kolja ganz sicher, dass nur er wusste, was in dieser seltsamen Nacht wirklich geschehen war.

# Ein kleines Weihnachtswunder

Der Küster war in unserer Gemeinde nicht besonders beliebt, weil er zwar seinen Dienst sehr ordentlich und gewissenhaft versah, aber ansonsten eher als ein zugeknöpfter Mensch galt. Und Ernst Hafermehl war zudem auch noch ein absolut eingefleischter Junggeselle. Er lebte nur mit seiner Katze zusammen, die er allerdings abgöttisch liebte.

„Wer weiß denn schon warum das so ist. Sicher hat er vor langer Zeit mit den Menschen einige schlechte Erfahrungen gemacht", das sagte meine Mutter immer. Sie war eine Frau, die in allem immer nur das Gute sehen konnte und wollte. Leider wurde sie oft genug enttäuscht, hielt ihre Überzeugung aber dennoch bis an ihr Lebensende aufrecht. In unserer kleinen Gemeinde wurde in jedem Jahr am vierten Advent in der altehrwürdigen Kirche das Weihnachtsoratorium aufgeführt. Meine Mutter, die eine sehr fromme Frau war, versäumte dieses Konzert nie. Einige Tage zuvor hatte sie beim Saubermachen der Kirche den Küster getroffen. Dabei hatte er ihr erzählt, dass seine Katze Silja verschwunden war. Er war darüber sehr niedergeschlagen, hatte sogar schon eine Suchanzeige in der Zeitung aufgegeben und demjenigen eine hohe Belohnung versprochen, der ihm seine geliebte Silja zurückbringen würde. Natürlich hatte er gleich die Tierheime in der Region angerufen und auch Suchanzeigen an den Bäumen im Ort aufgehängt. Im örtlichen Kaufmannsladen, am schwarzen Brett, hing ebenfalls ein solcher Zettel. Aber bisher hatte sich zu seinem Kummer niemand gemeldet.

„Der arme, arme Kerl", meinte Mutter bedauernd als sie nach Hause kam. „Er hat doch niemanden außer seiner Katze, und das gerade jetzt zu Weihnachten."

Aber niemand hatte Silja gesehen. Dann kam der vierte Advent, und meine Eltern brachen auf, um sich das festliche Weihnachtsoratorium in der Kirche anzuhören. Als sie dort ankamen, saß neben dem großen Portal eine kleine, graugetigerte Katze.

„Schau, das ist doch Silja. Sie hat zurückgefunden, wie schön!", freute Mutter sich und nahm Silja in den Arm. „Jetzt halte ich Dich aber ganz fest, damit Du uns nicht wieder entwischen kannst", sagte sie dabei.

Dann betrat sie mit Vater die Kirche, setzte sich in eine Bank und hielt die widerstrebende Katze während des ganzen Konzertes eisern fest. Als die Orgel aufbrauste, wand sich das arme Tier in ihren Armen regelrecht hin und her und wollte sich unbedingt befreien.

„Aber Silja, was ist denn los? Ich meine es doch gut mit Dir", wollte Mutter die kleine Katze beruhigen, aber die zappelte nur noch heftiger und wollte unbedingt von ihrem Schoß herunter springen. Dann wehrte sie sich sogar mit Pfoten und Krallen, und meine Mutter bezog ein paar heftige Kratzer von ihr, bevor Silja sich schließlich in ihr Schicksal ergab. Endlich war das Konzert zu Ende, und alle Zuhörer verließen die Kirche. Herr Hafermehl stand am Ausgang, hielt den Klingelbeutel in der Hand und bat alle um eine kleine Spende. Der Erlös dieses für die Besucher kostenlosen Konzertes sollte an Brot für die Welt gehen. Als er meine Eltern sah, begrüßte er sie und stutzte.

„Haben Sie dieses Tier etwa mit in die Kirche gebracht? Das muss doch eine Qual für die arme Katze gewesen sein, diese lauten Töne", raunzte er meine Mutter unwirsch an.

„Aber Herr Hafermehl, das ist doch Silja. Sie saß vor der Kirchentür, und ich habe sie mit hinein genommen, damit sie nicht wieder fortlaufen kann", versuchte meine Mutter ihm zu erklären. Sie verstand die Welt nicht mehr, anstatt sich zu freuen endlich seine geliebte Katze wieder zu bekommen, wurde sie von ihm gerügt.

„Das ist nicht meine Silja! Nie im Leben, die ist viel schlanker und hübscher!", wetterte Herr Hafermehl, während meine Mutter vor Scham fast im Boden versank und die strampelnde Katze schnell auf den Boden setzte. Sofort rannte das total verschreckte Tier los, um schleunigst das Weite zu suchen.

„Sie haben es sicher gut gemeint", lenkte

Herr Hafermehl ein. „Sie sah meiner Silja wirklich ein bisschen ähnlich, doch das schon, aber ich erkenne doch meine eigene Katze!"

Mein Vater, der bis dahin wortlos daneben gestanden hatte, zog meine Mutter ebenfalls schnell weiter und meinte nur: „Vielleicht taucht sie ja auch bald wieder auf, das wollen wir doch hoffen!"

Herr Hafermehl nickte nur, bevor er dem nächsten Kirchenbesucher wieder den Klingelbeutel entgegenhielt.

Dann kam der Heilige Abend und wir brachen alle gemeinsam zum Gottesdienst auf. Wie üblich war auch Herr Hafermehl zur Stelle, um den ankommenden Leuten die kleinen Programmzettel für diesen Familiengottesdienst in die Hand zu drücken. Als er meine Eltern und mich sah, kam er strahlend auf uns zu und sagte: „Stellen Sie sich vor, heute Morgen saß meine Silja maunzend vor der Tür. Ganz abgemagert und struppig sah sie aus. Natürlich weiß ich nicht wo sie gesteckt hat, aber die Hauptsache ist doch, dass sie wieder da ist. Jetzt kann ich auch Weihnachten feiern!"

„Ach, wie mich das für Sie freut, Herr Hafermehl", antwortete meine Mutter. „Da sieht man es mal wieder, zu Weihnachten geschehen auch in der heutigen Zeit noch kleine Wunder", setzte sie noch hinzu.

Und Vater nickte bestätigend. Dann suchten wir uns einen Platz, setzten uns, und Mutter sagte mit glücklicher Miene: „Nun ist auch Herr Hafermehl heute wenigstens nicht ganz allein, wie schön!"

# Ein Koffer voller Erinnerungen...

Die beiden Enkel von Veronika Seifert besuchten ihre Oma sehr gern; vor allem in der Vorweihnachtszeit war es bei ihr immer ganz besonders gemütlich. Außerdem konnte Omi so wunderbar von früher erzählen, fand Brigitte. Als ihre Oma ein Kind gewesen war, gab es noch keinen Fernseher im Haus, keinen Computer und erst recht kein Telefon. Unvorstellbar für Brigitte und Reinhard. Aber dafür hatten ihre Eltern viel mehr Zeit für sie gehabt, und so hatte Oma Veronika eine schöne Kindheit verbracht. Vor allem die Vorweihnachtszeit, die hatte sie genauso aufregend gefunden wie ihre Enkel. Im Keller gab es einen großen Koffer, darin bewahrte Oma Veronika einige Dinge auf, an denen sie ganz besonders hing. Gelegentlich erlaubte sie auch Reinhard und Brigitte darin herumzustöbern, und das war für die Kinder jedes Mal etwas ganz Besonderes. Und wenn Oma gut gestimmt war, dann erzählte sie ihren Enkeln die Geschichten zu den Erinnerungsstücken, die sie aus dem Koffer gekramt hatten. So hatte Brigitte einmal ein altes, weißes Kleid daraus hervorgezogen. Es war bodenlang und mit edler Spitze verziert. Natürlich war es arg zerknittert und hatte auch sonst ein wenig gelitten, aber es sah immer noch wunderschön aus.

„In diesem Kleid habe ich Euren Opa geheiratet", hatte Oma erzählt und ihnen mehrere vergilbte Fotos gezeigt. Die junge Braut strahlte ihren Mann an und schien sehr glücklich zu sein. Dann gab es noch Kinderbilder von dem Papa der Kinder und vieles mehr. Bei ihrem letzten Besuch hatte Brigitte ein zerbrechliches, seltsam geformtes Gebilde in dem alten Koffer gefunden. Es sah ähnlich aus wie eine Christbaumkugel, war silberfarben und mit grünen Ranken und blauen Blüten verziert. Das gute Stück war in etliche Lagen Seidenpapier verpackt und schien ebenfalls sehr alt zu sein.

„Oma, was ist das denn?", fragte sie.

„Das war unsere alte Christbaumspitze", erklärte ihr Oma Veronika. „Ich wusste

gar nicht mehr, dass die noch existiert – wie schön!"
Dabei strahlten ihre Augen, und sie begann zu erzählen.


Die kleine Veronika war auf einem großen Bauernhof mit vielen Tieren aufgewachsen. Alle Kühe, Schweine und natürlich auch die beiden Pferde mussten jeden Tag versorgt werden, egal ob es Alltag oder Sonntag war, und ein Urlaub war für ihre Eltern natürlich auch nicht drin gewesen. Aber das ging damals vielen Leuten so, daher hatte das niemand vermisst. Veronika und ihr älterer Bruder mussten ebenfalls auf dem Hof mithelfen, denn auch das war zu dieser Zeit üblich gewesen. Das Weihnachtsfest war damals wie heute für die Kinder natürlich der Höhepunkt des Jahres. Es begann damit, dass ihr Vater einige Tage vor Heiligabend los zog, um für die Familie einen Weihnachtsbaum im eigenen Waldstück zu schlagen. Kaufen konnte man die Bäume damals nur bei einem Bauern, nicht in einer Gärtnerei, so wie heute.

Aber Veronika´s Eltern hatten das Glück ein eigenes Waldstück zu besitzen. In der Kinderzeit von Oma Veronika hatte es noch viel mehr Schnee gegeben. So kam es oft vor, dass der Vater und ihr Bruder mit einem Schlitten los gezogen waren, um den Baum nach Hause zu holen. Der wurde dann in dem großen Wohnzimmer, das nur zu sehr seltenen Gelegenheiten aufgeschlossen und geheizt wurde, am Morgen des Heiligen Abends von der Mutter und dem Christkind geschmückt, das glaubte die kleine Veronika jedenfalls. Einige rotbackige Äpfel hingen daran, vergoldete Nüsse und bunt verpackte Süßigkeiten, die Veronika und ihr Bruder nach den Feiertagen abnehmen durften. Christbaumkugeln hatten ihre Eltern nicht besessen, und statt der heute üblichen Lichterkette wurden echte Kerzen an den Zweigen befestigt, die einen wunderbaren Honigduft verbreiteten. Sogar im Stall wurde ein kleines Bäumchen aufgestellt, damit auch die Tiere merken sollten, dass der Heilige Abend ein ganz besonderer Tag war, so erzählte Oma Veronika ihren

163

Enkeln. Die Äpfel, die daran hingen, bekamen nach den Feiertagen meistens die Pferde, während die Kühe und Schweine eine Extraportion Futter erhielten. Aber Kerzen durften im Stall natürlich nicht angezündet werden.

Nachdem die Tiere versorgt waren, wurde gegessen. Es gab Kartoffelsalat und Würstchen. Danach ging der Vater in die gute Stube, wie es zu der Zeit hieß, und zündete die Kerzen am Weihnachtsbaum an. Sobald dann der helle Ton des Weihnachtsglöckchens erklang, durften auch die Kinder das Weihnachtszimmer betreten. Es wurden immer zuerst einige Weihnachtslieder gesungen, und der Vater las das Weihnachtsevangelium aus der dicken Familienbibel vor. Erst dann durften die Kinder nachschauen, was das Christkind für sie dagelassen hatte.

„Aber unsere bunten Teller, die durften wir gleich ansehen und auch davon naschen, während Vater vorlas", erzählte Oma Veronika mit glänzenden Augen. Schokolade und Bonbons zu erhalten, das war zu ihrer Kinderzeit durchaus nicht selbstverständlich gewesen, daher bekam jedes Kind zu Weihnachten einen Teller, auf dem sich überwiegend Kekse, Mandarinen und meistens auch ein Marzipanbrot befanden. Marzipan mochte Oma Veronika immer noch sehr gern.

„Seid Ihr auch in die Kirche gegangen?", wollte Reinhard wissen.

„Ja natürlich, aber nicht am Nachmittag, so wie ihr", antwortete ihm seine Oma. „Bei uns im Ort ging man um zehn in die Christmette. Nachdem wir unsere Geschenke erhalten hatten, wurden wir warm eingepackt, und dann stiefelten wir mit den Eltern zu Fuß in die Kirche. Alle Leute aus dem Dorf waren da, und es war immer sehr feierlich. Natürlich stand auch in der Kirche ein schön geschmückter Tannenbaum mit echten Kerzen, aber oft war ich schon so müde, dass ich bei der Predigt fast eingeschlafen wäre. Ein Krippenspiel für die Kinder, gab es auch noch nicht. Nach dem Kirchgang wurde zuhause im Stall noch einmal nach den Tieren geschaut, um ihnen auch gesegnete

Weihnachten zu wünschen, und dann mussten wir Kinder ins Bett."

„Und was hast Du damals so geschenkt bekommen?", wollte Brigitte wissen.

„Oft gab es praktische Dinge für uns", erinnerte sich Oma Veronika wehmütig. „Aber an das Jahr, in dem ich das dicke Märchenbuch bekam, denke ich ganz besonders gern zurück. Das war für mich eines der schönsten Geschenke überhaupt. Und natürlich als meine Mutter diese Christbaumspitze erhielt. Darüber hat sie sich sehr gefreut, das weiß ich noch ganz genau. Die haben wir alle bestaunt, weiß der Himmel wo mein Vater die aufgetrieben hat. Er kam nur selten in unsere Kreisstadt, und in meinem winzigen Heimatort gab es zu der Zeit ja nur einen kleinen Dorfladen. Daher war das für unsere Mutter ein sehr kostbares Geschenk. Seitdem hat diese Spitze jedes Jahr wieder unseren Weihnachtsbaum geschmückt."

Mit diesen Worten nahm sie Reinhard die Christbaumspitze aus der Hand und wickelte sie vorsichtig wieder in das raschelnde Seidenpapier.

„Vielleicht sollte ich sie Euch schenken, damit sie mal wieder zu Ehren kommt, was haltet Ihr davon?", fragte sie Brigitte.

„Oh ja, das fände ich prima", antwortete ihre Enkelin und nahm ihre Oma liebevoll in den Arm.

# Ein Fiebertraum

Mariele war ein lebhaftes Mädchen mit leuchtend rotem Haar, grünen Augen, einer kleinen Stupsnase und vielen Sommersprossen im Gesicht. Ihr Vater nannte sie liebevoll „Fünkchen", weil ihre Haare in der Sonne aussahen, als würden sie regelrecht Funken sprühen. Aber jetzt lag seine kleine Tochter blass und reglos in ihrem Kinderbett. Einige Tage vor Weihnachten hatte sie über Unwohlsein geklagt und kurz darauf auch sehr hohes Fieber bekommen. Fünkchen´s Mutter war ebenfalls sehr besorgt um ihr Töchterchen, und oft saßen beide Eltern gemeinsam an ihrem Krankenbett. Am Tag vor dem Heiligen Abend hatte ihr Hausarzt ein sehr ernstes Gesicht gemacht und ihnen erklärt, dass er Mariele in die Klinik einweisen lassen wollte, wenn das Fieber nicht innerhalb der nächsten Stunden herunter gehen würde. Sie selbst bekam davon natürlich nichts mit. Sie befand sich während dieser Zeit in einer ganz anderen Welt, wie sie ihren Eltern später erzählte.

„So, Du bist also unser Neuzugang", sagte der alte Mann im langen, weißen Gewand mit dem Rauschebart zu Mariele. „Mariele ist Dein Name, nicht wahr?"

„Ja, stimmt, aber ich werde meistens Fünkchen genannt!", antwortete sie etwas unsicher und sah sich um. „Wo bin ich denn hier gelandet?"

„Du bist bei uns im Himmel", lautete die Antwort.

„Im Himmel, wie komme ich denn dahin?", fragte die Kleine verwundert.

„Alle Menschen, die jemals über die Regenbogenbrücke gehen kommen zu uns in den Himmel, Du wirst Dich hier sicher sehr wohlfühlen", meinte Petrus.

„Nein, das glaube ich nicht, ich will heim, zu Mama und Papa", widersprach ihm der neue kleine Engel mit dem Flammenhaar.

„Das geht nicht, die Regenbogenbrücke ist eine Einbahnstraße; ein Zurück gibt es nicht. Nun rück schnell erst mal Deinen Heiligenschein gerade, und dann zeige ich Dir später, wie Du Deine Flügel benutzen kannst. Das Fliegen wird Dir bestimmt Spaß machen", beschwichtigte Petrus sie. „Außerdem haben wir hier im Augenblick alle Hände voll zu tun. Es ist ja bald Weihnachten, und da wird jede helfende Hand gebraucht. Für die Heilige Nacht, in der die Menschen jedes Jahr erneut die Geburt unseres Erlösers feiern, müssen noch ganz viele Sterne geputzt werden, damit sie heller denn je strahlen können. Dabei könntest Du uns ein wenig helfen. Über alles andere reden wir später, mein Kind. Komm jetzt!", sagte Petrus, und dann zog er das widerstrebende neue Engelchen hinter sich her. Danach stellte er Mariele dem Engel Gloria vor.

„Willkommen Mariele, schön, dass Du uns helfen möchtest!", wurde sie begrüßt. Sogleich bekam sie einen Eimer mit lieblich duftendem Seifenwasser und eine Bürste in die Hand gedrückt. Mariele wusste gar nichts damit anzufangen, und außerdem hatte sie absolut keine Lust zum Säubern der Sterne. Unwillig stieß sie den Eimer um, und der Seifenschaum floss durch den ganzen Himmel, direkt

Petrus vor die Füße.

„Was ist das denn?", schimpfte er.

Mariele musste über sein entsetztes Gesicht lachen. Wenn sie sich hier im Himmel daneben benahm würden die Engel sie eventuell wieder gehen lassen, so hoffte sie. Sie fand es auf der Erde viel schöner, und außerdem vermisste sie ihre Eltern ganz schrecklich.

„Ach, das ist nicht schlimm, das kann jedem passieren", sagte Gloria tröstend zu Mariele, weil sie dachte, es wäre keine Absicht gewesen. Und sofort eilten einige andere Engel herbei, um das Wasser wieder aufzuwischen. Dann nahmen sie Mariele an die Hand und zeigten ihr erst einmal wie sie die kleinen Flügel benutzen konnte.

„Kann ich damit auch zur Erde fliegen?", erkundigte Mariele sich.

„Wenn Du eine Weile geübt hast, dann schon, aber es ist ein sehr weiter Weg bis dahin", wurde ihr erklärt.

Das Fliegen lernte Mariele tatsächlich sehr schnell. Innerhalb weniger Stunden, und es machte ihr sogar Spaß, das Putzen der Sterne allerdings weniger.

„Morgen ist die Heilige Nacht", erklärte ihr Gloria, „darauf freuen wir uns alle schon sehr! Die Kinder bekommen ihre Geschenke vom Weihnachtsmann, und auch für manche Erwachsenen können Wunder geschehen. Wir dürfen das große Himmelsfernrohr auf die Erde richten und den Menschen zusehen."

Während sie das sagte, erglühte sogar ihr Heiligenschein vor lauter Begeisterung und Vorfreude. Und Mariele fasste einen Entschluss. Sie wollte, wenn sich alle anderen Engel vor dem Himmelsfernrohr drängen würden, lieber schnell zu dem nächstgelegenen Stern fliegen, und von dort aus zur Erde zurückkehren. Sie konnte es kaum erwarten.


Endlich war der große Tag gekommen. Der Weihnachtsmann war auf dem Weg zur Erde, alle Sterne glänzten um die Wette, und die Engel konnten sich ausruhen. Dann war es soweit. Petrus rief sie alle zusammen und stellte das große Fernrohr auf die Erde ein. Auch Mariele kam zunächst angerannt, konnte sich aber wenig später wieder verdrücken. In dem Gewimmel fiel das gar nicht auf. Sie breitete ihre kleinen Flügel aus und flog zu dem Stern, den sie gestern geputzt hatte. Dort angekommen musste sie sich erst einmal ein wenig ausruhen. Und dann ging sie todesmutig bis zum Rand, ordnete ihre Flügel, breitete sie erneut aus und ließ sich einfach fallen. Was für ein Gefühl war das – einfach unbeschreiblich, fand sie. Sie fühlte sich unendlich frei, als sie durch das Weltall flog. Rings um sie herum glänzten alle Sterne, und bald konnte sie sogar die Erde sehen. Mutig versuchte sie gleich darauf zuzusteuern. Hoffentlich würde sie auch zuhause ankommen und nicht irgendwo am anderen Ende der Welt landen, in Afrika zum Beispiel. Und dann ging alles ganz schnell. Sie spürte einen tüchtigen Ruck in ihrem Körper, schlug die Augen auf und sah in die lachenden Gesichter ihrer Eltern. Dann hörte sie die Mutter sagen: „Das Fieber ist herunter gegangen – Gott sei Dank!"

Ihr Vater freute sich mit ihr und antwortete: „Na also, Du hast uns wirklich große Sorgen gemacht mein Fünkchen, aber jetzt wird alles gut. Wie könnte es auch anders sein – schließlich ist heute Heiligabend!"

# Der geliehene Weihnachtshund

„Was, ich soll für Dich den Hund Deiner Nachbarin bei mir aufnehmen? Und das ausgerechnet zu Weihnachten, wie stellst Du Dir das denn vor?", fragte Sanna ihre Schwester empört.

„Es ist draußen sehr glatt, und Frau Droste wollte noch einmal zum Friedhof, um das Grab ihres Mannes zu besuchen. Direkt vor unserer Haustür ist sie gestürzt und hat sich dabei einen komplizierten Oberschenkelhalsbruch zugezogen. Jetzt muss sie operiert werden und einige Zeit im Krankenhaus bleiben. Zum Glück war ich zuhause und habe Joschi´s lautes Gebell und ihre Hilferufe gehört. Aber ich fahre doch über die Feiertage mit Rainer in Urlaub, das weißt Du doch. Frau Droste hat niemanden mehr, den sie um diesen Gefallen bitten kann. Außerdem ist ihr Foxterrier schon recht alt und steifbeinig, der braucht nicht mehr viel Auslauf. Aber jemand muss sich um ihn kümmern, sonst muss er ins Tierheim oder in eine Hundepension. Und ich weiß nicht, ob die alte Dame sich das überhaupt leisten kann. In vierzehn Tagen sind wir ja auch zurück, dann übernehmen wir Joschi, aber vorher geht es wirklich nicht, bitte Sanna", flehte sie am Schluss.

Sanna war alles andere als begeistert davon sich mit einem Hund zu belasten, noch dazu einem völlig fremden Tier. Daher wandte sie ein: „Joschi kennt mich doch gar nicht, wird er das denn überhaupt mitmachen?"

Das klang schon nicht mehr ganz so abwehrend, fand Alice. Dann antwortete sie: „Joschi ist ein ganz lieber, ruhiger Kerl. Der macht ganz sicher keine Probleme. Sein Körbchen, die Fressnäpfe und genug Futter für ihn würde ich auch mitbringen, keine Sorge. Du bist doch momentan wieder solo, da hast Du wenigstens über Weihnachten etwas Gesellschaft. Wenn wir zurück sind, dann holen wir ihn auch gleich wieder ab – versprochen!"

„Also gut", gab Sanna seufzend nach.

„Du bist ein Schatz, das wusste ich doch!", jubelte Alice. „Das wird Frau

Droste sicher sehr beruhigen, dank Dir, Schwesterchen!"

Oh je, auf was habe ich mich da nur eingelassen, dachte Sanna, als sie den Hörer auflegte. Aber ihre ältere Schwester hatte sie schon immer überrumpeln können bei allen möglichen Dummheiten mitzumachen, schon seitdem sie Kinder waren. Und irgendwie taten ihr die alte Dame und ihr Hund ja auch leid, daher hatte sie sich von ihrer Schwester auch dieses Mal dazu überreden lassen für sie einzuspringen.

„Wir bringen Dir Joschi morgen vorbei", hatte Alice am Schluss des Gespräches noch gesagt, denn am späten Nachmittag ging ihr Flug.

Weil Sanna ihre Weihnachtseinkäufe nicht mit einem fremden Tier im Schlepptau erledigen wollte, ging sie noch einmal in die Stadt und kaufte vorsorglich einige Lebensmittelvorräte, sowie eine Flasche Sekt für Silvester. Sie trank nur selten Alkohol, aber in diesem Fall fand sie es besser für alles gerüstet zu sein. Schließlich wusste sie nicht, wie sie mit

Joschi zurechtkommen würde.

Pünktlich, wie verabredet, standen Alice und Rainer mit ihm vor der Tür. Sanna empfing sie mit klopfendem Herzen.

„Joschi, das ist Sanna – Sanna, das ist der liebe Joschi!", stellte ihre Schwester die beiden einander vor.

Joschi hob tatsächlich ganz brav die Pfote, und Sanna war gerührt und musste lachen. Dann ergriff sie sein Pfötchen und schüttelte es.

„Na bitte, geht doch!", freute sich Rainer.

„Kommt erst mal rein, die Zeit für eine Tasse Kaffee werdet Ihr doch wohl haben oder nicht?", fragte Sanna.

„Klar, ich muss Dir ja auch noch einige Instruktionen geben was Joschi betrifft", erklärte Alice ihr.

Wenig später saßen sie in Sanna´s gemütlichem Wohnzimmer, und Joschi hatte sich ganz brav in sein mitgebrachtes Körbchen zurückgezogen.

„Sage ich doch, er macht Dir sicher keinerlei Probleme liebes Schwesterherz", beruhigte Alice Sanna noch einmal.

„Und Frau Droste ist Dir wirklich sehr dankbar!", bestätigte auch Rainer.

Nach einer guten Stunde verabschiedeten sich ihre Gäste. Joschi blieb ganz ruhig in seinem Körbchen liegen und hob nur kurz den Kopf.

„Na dann, fröhliche Weihnachten unter Palmen!", wünschte Sanna ihrer älteren Schwester und deren Lebensgefährten.

„Dir und Joschi auch ein frohes Fest!", gab Alice zurück und umarmte ihre kleine Schwester ein letztes Mal.

„Wir melden uns zwischendurch mal und fragen wie es Euch beiden so geht, und sobald wir zurück sind, kommen wir gleich und holen ihn wieder ab", versprach Rainer noch einmal.

Als die Haustür hinter den beiden ins Schloss gefallen war, setzte Sanna sich erst einmal zu Joschi und streichelte ihn vorsichtig. Der schaute hoch, zeigte aber ansonsten keinerlei Regung.

„Jetzt müssen wir beide miteinander zurechtkommen. Denkst Du, wir schaffen das?", fragte Sanna ein wenig zweifelnd. Joschi leckte ihr kurz zustimmend die

Hand und schlief dann wieder ein. Er schien wirklich absolut pflegeleicht zu sein. Schon ein wenig beruhigt, räumte Sanna anschließend den Tisch ab und ging in die Küche, um das Geschirr in die Spülmaschine zu räumen. Später wollte sie mit Joschi noch einen Spaziergang machen. Morgen ist Heiligabend, dachte sie dabei. Vielleicht war es wirklich gut, dass sie jetzt nicht allein war. Bei dieser Überlegung stiegen ihr wieder Tränen in die Augen, die sie eilig fortwischte.

Die Feiertage verliefen wirklich äußerst harmonisch, und Joschi machte wirklich keinerlei Probleme. Sanna war sehr zufrieden mit ihm. Tatsächlich war ihr seine Gegenwart während der Feiertage ein großer Trost gewesen. Weihnachten sollte niemand allein sein, hatte sie wehmütig gedacht und ihre große Schwester beneidet. Schließlich war Alice seit Jahren glücklich mit Rainer liiert, obwohl beide nicht an Heirat dachten, wie es schien.
Warum hatte sie bisher nur so wenig

Glück mit den Männern gehabt, das fragte Sanna sich nun schon zum hundertsten Male. Vielleicht sollte ich mir tatsächlich besser einen Hund als Lebensgefährten zulegen, überlegte sie amüsiert. Schon in diesen wenigen Tagen hatte sie sich sehr an Joschi gewöhnt und hätte ihn am liebsten behalten. Aber das kam natürlich nicht infrage, denn sein Frauchen fieberte ungeduldig ihrer Genesung entgegen, damit sie ihren Joschi so schnell wie möglich wieder bei sich haben konnte, das hatte Alice ihr durchaus glaubhaft versichert.

Dann kam der Silvesterabend. Sanna saß vor dem Fernseher und Joschi döste in seinem Körbchen, als es später gegen Mitternacht draußen laut wurde. Davon wachte Joschi auf und begann sofort zu bellen. Ob er Angst vor dem Krach hatte? Er sprang aus seinem Körbchen und stürmte zum Fenster, sprang hoch, legte die Pfötchen auf die Fensterbank und kläffte was das Zeug hielt. Dann rannte er zur Tür und kratzte sogar daran. Zuerst versuchte Sanna ihn zu beruhigen, aber als ihr das nicht gelang, holte sie seine Leine und fragte: „Willst Du wirklich raus?"

Dann zog sie sich einen Mantel an und ging mit ihm nach draußen. Die arge Knallerei hatte zum Glück etwas nachgelassen, aber Joschi schien es um etwas anderes zu gehen. Er rannte schnurstracks auf den nächsten Busch zu, um sich dort zu erleichtern. Sie war doch heute Abend extra früh mit ihm noch einmal Gassi gegangen. Hatte er etwa sein Abendessen nicht vertragen? Sie hatte ihm von dem Filetstück, das sie für sich selbst gebraten hatte, ein Stück abgegeben, und Joschi hatte es gierig verschlungen, denn sonst bekam er nur Trockenfutter. Wahrscheinlich lag es daran, vermutete sie. Dann hörte sie eine männliche Stimme neben sich fragen: „Was hat denn der Hund?"

„Ich weiß es nicht, vielleicht hat er etwas nicht vertragen", antwortete sie kleinlaut.

„Es wird ihm morgen sicher wieder besser gehen", beruhigte sie der Fremde.

„Das hoffe ich sehr!", entgegnete Sanna.

„Was hat er denn gefressen, das ihm möglicherweise nicht bekommen ist?"

„Ich habe es gut gemeint und ihm ein Stück gebratenes Rinderfilet abgegeben. Meinen Sie daran kann es gelegen haben?", fragte Sanna arglos.

„Höchstwahrscheinlich war das Fleisch auch noch gut gewürzt, nicht wahr?"

„Ja natürlich, und ich hatte es auch nicht ganz durchgebraten, so mag ich es am liebsten."

„Da haben wir es; das war ganz sicher nicht das Richtige für ihn! So etwas müssten Sie als Hundehalterin doch wissen!", sagte der Fremde ärgerlich.

„Das ist nicht mein Hund, und ich habe es wirklich nur gut gemeint!", verteidigte Sanna sich zerknirscht.

„Verzeihen Sie, das habe ich ja nicht gewusst, aber es geschieht leider immer wieder, dass die Menschen ihren Tieren völlig unpassende Leckereien geben. Ich bin Tierarzt", erläuterte der Mann der verblüfften Sanna.

Dann zog der Fremde eine Visitenkarte

aus der Tasche und überreichte sie ihr mit den Worten: „Bitte rufen Sie mich morgen an, auch wenn es ihm jetzt besser zu gehen scheint, man weiß ja nie."

Sanna versprach es und wandte sich zum Gehen.

„Also bis morgen", rief er ihr noch nach.

Zuhause fraß Joschi noch einmal etwas Trockenfutter, und dann rollte er sich erneut in seinem Körbchen zusammen und schlief sofort ein. Sanna sah sich die Karte des sympathischen Tierarztes an. Matthias Holtmann war sein Name. Sie würde ihn morgen auf jeden Fall anrufen, nahm sie sich vor. Am nächsten Vormittag wurde Sanna vom Klingeln ihres Handys geweckt. Verschlafen meldete sie sich und hörte die Stimme ihrer Schwester Alice: „Ein frohes neues Jahr Schwesterlein! Stell Dir vor, ich habe eine tolle Neuigkeit, Rainer hat gestern um meine Hand angehalten. Ganz romantisch bei einem Champagnercocktail auf der Hotelterrasse, umgeben von tausend Sternen – ich bin ja so glücklich! Aber

sag, wie geht es Dir und Joschi?",
sprudelte sie hervor..

„Das freut mich aber für Euch beide,
herzlichen Glückwunsch! Joschi und mir
geht's prima. Ich würde ihn am liebsten
gar nicht mehr hergeben."

„Wer hätte das gedacht?", lachte Alice
und setzte hinzu: „Ich fürchte, das gäbe
allerdings mächtig Ärger mit Frau Droste.
Sie liebt ihren Joschi über alles!"

„Das kann ich inzwischen gut verstehen",
gab Sanna zurück.

Den Vorfall des gestrigen Tages wollte sie
lieber für sich behalten, und Joschi würde
sie ganz sicher nicht verpetzen. Dann
gratulierte sie Alice noch einmal herzlich,
und bat sie auch Rainer zu grüßen und
ihm ihre Freude über diese gute Nachricht
zu übermitteln. Alice versprach es und
sagte abschließend: „Sobald wir zurück
sind, melde ich mich. Dann sehen wir
weiter wie lange Du Joschi noch behalten
kannst. Mach´s gut!"

Dann legte sie auf. Und da Sanna ohnehin
wach war, stand sie auf, zog sich an und
ging mit Joschi erst einmal eine Runde

Gassi. Mit ihm schien alles in Ordnung zu sein, dachte sie erleichtert. Kurz vor Mittag rief sie Doktor Holtmann an, um ihn darüber zu informieren.

„Das freut mich zu hören, aber vielleicht sollten Sie zur Vorsicht trotzdem kurz bei mir vorbei kommen, damit ich ihn mir ansehen kann. Haben Sie heute schon etwas vor?", erkundigte er sich.

Sanna fühlte sich zwar ein wenig überfahren, stimmte aber zu und schlug vor, am späten Nachmittag mit Joschi bei ihm zu erscheinen.

„Prima, ich freue mich darauf", sagte Doktor Holtmann.

Als Sanna später bei ihm klingelte, strahlte er sie an und begrüßte sie mit den Worten: „Verzeihen Sie, aber ich habe Sie gestern nicht einmal nach Ihrem Namen gefragt, und ich wollte Sie so gern wiedersehen!"

Sanna lachte. Damit hatte sie nun wirklich nicht gerechnet; aber hatte sie sich nicht gestern noch selbst ein wenig bemitleidet, als sie allein mit Joschi zuhause vor der Flimmerkiste saß, während doch so viele andere Menschen zu zweit glücklich waren? Sie hatte den jungen Tierarzt auch nett gefunden. Plötzlich erschien ihr das neue Jahr voller Möglichkeiten. Wer hätte das gedacht, als sie sich von ihrer Schwester dazu überreden ließ, einige Tage auf den Hund einer verunglückten alten Dame aufzupassen.

# Der Taufengel

Schon viele Jahre lang hing der große Taufengel an einer langen Kette in der kleinen Dorfkirche. In seinen Händen trug er eine Schale, die für jede Taufe mit frischem Wasser gefüllt wurde. Etliche Kinder hatte er gesehen, die in seiner Kirche getauft wurden und später auch hier konfirmiert worden waren. Viele von ihnen hatten auch unter seinen Augen geheiratet. Einige von ihnen waren später wiedergekommen, um ihre Kinder taufen zu lassen - und so weiter und so weiter, dachte der Engel. Immer hatte er alle, die in die Kirche gekommen waren, mit seinem Segen und guten Wünschen begleitet. Natürlich wurden auch alle Weihnachtsgottesdienste in der Kirche abgehalten. Und Jahr für Jahr, wenn die Kinder das Krippenspiel aufführten, hatte sich der Engel gewünscht einmal als lebendiger Engel das Weihnachtsfest erleben zu können. Das war schon lange sein allergrößter Traum, aber er war ja nur eine hübsch bemalte Keramikfigur, und niemand ahnte, dass auch er eine Seele besaß, so dachte er jedenfalls.

Wieder war es Weihnachten, der Küster hatte den hohen Tannenbaum aufgestellt, mit Strohsternen und einer Lichterkette geschmückt, und die Kirche füllte sich schon am Nachmittag. Überwiegend waren es Familien, die gekommen waren, um sich vor der Bescherung noch einmal die richtige Festtagsstimmung zu holen. Die wunderbare Botschaft der Weihnacht ging an den meisten wohl vorbei, fürchtete der Engel. Aber er hing weiterhin stumm an seiner Kette und konnte das Geschehen unter sich nur beobachten. Morgen, nach dem Gottesdienst, würde ein Kind getauft werden, das hatte die Pastorin gesagt, und er freute sich darauf. Dann würde er noch einmal, wohl zum letzten Mal in diesem Jahr, zum Einsatz kommen. Wie immer sangen die Kirchenbesucher einige der beliebten Weihnachtslieder, und auch das Krippenspiel kam bei den meisten Kirchenbesuchern gut an. Es war doch immer wieder rührend, mit welchem Eifer die Kinder dabei waren, fand der Engel. Anschließend strömten die Leute aus der Kirche, um für die Besucher des zweiten Weihnachtsgottesdienstes wieder Platz zu machen. Auch diese Feier war sehr festlich und die Predigt wesentlich länger als zuvor, weil nur wenige Kinder dabei waren. Aber der Engel mochte die jungen Besucher der Kirche ganz besonders, deshalb gefiel ihm der fröhliche Familiengottesdienst zu Weihnachten in jedem Jahr am besten. Als auch am Ende des zweiten Gottesdienstes erneut die Glocken erklangen, und sowohl die Kirchgänger als auch die Pastorin und der Küster gegangen waren, richtete sich der Engel auf eine ruhige Nacht ein. Doch, es sollte anders kommen. -

Er war wohl ein wenig eingenickt, als ihn ein leiser Ton weckte. Erstaunt schlug er die Augen auf und erblickte vor sich einen anderen Engel. Der trug, genau wie das kleine Mädchen, das vorhin in dem Krippenspiel den Verkündigungsengel gespielt hatte, ein langes, weißes Gewand.

Aber von diesem Engel ging ein seltsames Leuchten aus, fand der Taufengel. Dann hörte er den anderen Engel sagen: „Der liebe Gott kennt Deinen Wunsch schon lange, und bald wirst Du zu uns in den Himmel kommen dürfen!" Dabei lächelte er wohlwollend, und nur einen kurzen Augenblick später war er schon wieder verschwunden. Der Taufengel rieb sich erstaunt die Augen. Hatte er etwa geträumt? Dann schloss er seine Augen wieder und schlief erneut ein.

Am nächsten Morgen hatte er diesen seltsamen Traum schon fast vergessen. Als er vor dem Gottesdienst spürte, wie seine Kette vorsichtig heruntergelassen und das Becken, das er in seinen Händen hielt, mit Wasser gefüllt wurde. Dabei erinnerte er sich daran, dass ja heute noch eine Taufe stattfinden sollte. Darauf freute er sich. Ob der Täufling wohl ein kleiner Junge oder ein Mädchen sein würde? Eigentlich war es ganz egal, fand der Taufengel. Alle Eltern, die ihr Kind in die Kirche brachten, waren glücklich und hofften auf ein gutes Leben für ihr Kind, das wusste er. Dann war es soweit, die glücklichen Eltern standen mit den Paten um ihn herum, die Pastorin sprach das Taufgelübde und träufelte dem kleinen Mädchen einige Tropfen Wasser auf die Stirn. Die Kleine ließ das ohne jegliche Regung über sich ergehen, sondern sah stattdessen interessiert zu ihm hoch, wie der Engel freudig bemerkte. Als ihr die Feuchtigkeit vorsichtig wieder abgetupft wurde, lächelte sie ihn sogar an, und den Engel durchfuhr ein regelrechter Schauer. Dann wandten sich die Menschen von ihm ab und gingen zurück zu ihren Plätzen. Da geschah es, denn vor den Augen der erstaunten und erschrockenen Kirchenbesucher riss die Kette, und die Figur des Taufengels fiel scheppernd zu Boden und zerbrach. Aber seine Seele schwang sich glücklich und frei in den Himmel.

Das war sein Weihnachtsgeschenk, auf das er so lange hatte warten müssen.

# Rudolph ist krank

Die meisten Leute kennen sicher die Geschichte von Rudolph. Das war das erste Rentier mit einer leuchtenden, roten Nase. Als er geboren wurde, da wussten seine Eltern gleich, dass er etwas ganz Besonderes war. Sie liebten ihn genauso wie alle ihre anderen Kinder und waren sehr stolz auf ihn. Leider hatten die anderen Rentiere das nicht verstanden und ihn oft gehänselt. Darüber war Rudolph natürlich sehr traurig, aber der gute Weihnachtsmann hatte ihn ganz lieb getröstet und ihm versichert, dass er seine rote Nase sogar schön fand. Aber Rudolph´s große Stunde kam, als es in dem Jahr zu Weihnachten einen ganz besonders schlimmen Schneesturm gab. Es schneite heftig und in ganz dichten Flocken, sodass man kaum noch die Hand vor seinen Augen sehen konnte. Der Weihnachtsmann machte sich zum ersten Mal ernsthafte Sorgen, ob er bei diesem Wetter überhaupt mit seinem Schlitten voller Geschenke zur Erde hinunter fahren konnte. Eigentlich kannten seine Rentiere Donner und Blitz den Weg ja längst auswendig, aber auch sie konnten bei dem scheußlichen Wetter kaum etwas sehen. Was wäre, wenn sie den Weg verfehlen würden? Die beiden waren sehr unruhig und hatten große Angst. Aber was würden die Kinder sagen, wenn es in dem Jahr keine Weihnachtsgeschenke gab? Nein, das war undenkbar, entschied der Weihnachtsmann und kratzte sich dann unschlüssig am Kopf. Da hatte seine Frau eine gute Idee. Sie fragte ihn: „Warum vertraust Du nicht Rudolph die Führung des Schlittens an, seine Nase leuchtet doch so hell wie eine Laterne. Damit findet Ihr den Weg zur Erde ganz bestimmt!"

Der Weihnachtsmann befolgte ihren Rat und fragte Rudolph, ob er sich das zutrauen würde. Rudolph überlegte keinen Augenblick. Endlich konnte er beweisen was in ihm steckte. Und mit seiner Hilfe konnte der Weihnachtsmann auch in dem Jahr zur Erde hinunter fahren und den Kindern ihre Geschenke bringen.

Als sie zurück kamen, da lachte keines der Rentiere mehr über den tapferen Rudolph, sondern alle bewunderten ihn für seinen Mut. Seit der Zeit gibt es immer wieder Rentiere, die mit einer leuchtenden roten Nase auf die Welt kommen. Und jedes Mal ist es ein Rudolph, der den großen Schlitten des Weihnachtsmannes anführen darf, auch wenn das Wetter gut ist.

Im letzten Jahr hatte Mama Rentier gleich zwei Kälbchen mit leuchtend roter Nase auf die Welt gebracht, das waren Rudolph und seine Schwester Elvira. So etwas war bis dahin noch nie vorgekommen, und dieses seltene Ereignis hatte im Himmel für große Aufregung gesorgt. Natürlich waren auch der Weihnachtsmann und seine Frau gekommen, um sich die beiden Kleinen anzuschauen.

„Das ist bestimmt nicht ohne Grund geschehen", vermutete die Frau des Weihnachtsmannes.

„Meinst Du?", fragte der verwundert, konnte aber in dem Augenblick auch keine Erklärung für diese Laune der Natur finden. Es war einfach merkwürdig. -

Rudolph und auch seine Schwester entwickelten sich prächtig, und so sollte der junge Rudolph in diesem Jahr den großen Schlitten des Weihnachtsmannes anführen. Natürlich freute er sich schon mächtig auf diese Ehre. Seine Schwester beneidete ihn nicht wenig darum und schmollte, weil sie zuhause bleiben sollte.

„Warum können wir nicht beide mit zur Erde fahren?", fragte sie immer wieder.

Ihre Mama beruhigte sie, indem sie erklärte: „Es ist schon so lange eine bewährte Tradition, dass ein Rudolph aus unserer Familie den Schlitten des Weihnachtsmannes anführt, daran ist nun mal nichts zu ändern!" Allerdings kam in diesem Jahr alles ganz anders.

Rudolph hatte sich wenige Tage vor dem Weihnachtsfest ganz tüchtig erkältet. Er hatte Halsweh, hustete und schniefte ganz schrecklich. Seine Eltern machten sich große Sorgen um ihn, weil er offenbar auch Fieber hatte und ständig schwitzte.

Die Frau des Weihnachtsmannes kam und brachte ihm eine scheußlich schmeckende Medizin.

„Die gebe ich meinem Mann auch immer, wenn er krank ist", sagte sie erklärend. Außerdem hatte sie einen langen, selbst gestrickten roten Schal mitgebracht, den sie ihm eigenhändig um den Hals wickelte.

„Du musst doch bis zum Heiligen Abend wieder fit sein, mein lieber Rudolph", meinte sie fürsorglich und tätschelte ihm liebevoll den Kopf. Der rote Schal leuchtete genauso wie seine Nase. Das machte ihren Bruder noch interessanter, dachte Elvira ein wenig neidisch. Rudolph selbst wollte natürlich auf jeden Fall bis zum Heiligen Abend wieder fit sein, daher trug er den Schal mit Stolz und Freude, außerdem war es ja ein Geschenk von Frau Weihnachtsmann. Als der Heilige Abend gekommen war, fühlte Rudolph sich zwar schon deutlich besser, aber so richtig gesund war er noch lange nicht, das spürte er selbst. Daher wollte der Weihnachtsmann ihm jetzt keinesfalls die anstrengende Reise zur Erde zumuten.

„Der Himmel ist sternenklar, und wir finden den Weg heute ganz sicher auch so, lieber Rudolph. Du musst Dich erst richtig auskurieren. Mit so einer bösen Halsentzündung ist nicht zu spaßen", sagte er. „Sei nicht traurig, Du kannst sicher noch viele Jahre lang meinen Schlitten anführen", bat er Rudolph, der mit hängendem Kopf vor ihm stand.

„Darf ich stattdessen mitfahren?", fragte Elvira eifrig. „Den Kindern wird es gewiss nicht auffallen, dass ich ein weibliches Rentier bin, aber sie erwarten doch alle, dass Rudolph mit der roten Nase den Weihnachtsmann begleitet."

Der Weihnachtsmann stutzte und wollte kurz über diesen ungewöhnlichen Vorschlag nachdenken, aber seine Frau meinte gleich resolut: „Warum denn nicht? Du erinnerst Dich doch gewiss daran, dass ich gesagt habe, dass es bestimmt einen Grund hat, warum im letzten Jahr gleich zwei Rentierkälbchen mit einer roten Nase auf die Welt gekommen sind – nun jetzt weißt Du warum das so war."

Dabei zwinkerte sie Elvira schnell verschwörerisch zu und raunte ihr ins Ohr: „Außerdem müssen wir Frauen in dieser Männerwelt doch zusammenhalten, nicht wahr Elvira?"

Die nickte heftig und scharrte mit den Hufen vor Aufregung.

Auch das kleine Engelchen Philippa, das den Weihnachtsmann am Heiligen Abend auf seiner Reise zur Erde begleiten durfte, war sofort hellauf begeistert von dieser Idee. Es bestürmte den unentschlossenen Weihnachtsmann ebenfalls zuzustimmen.

„Na gut, versuchen wir es", gab der Weihnachtsmann nach. Und so geschah es auch. Auf der Erde hat natürlich niemand den Unterschied gemerkt. Als Elvira zurück kam, war sie sehr glücklich und berichtete Rudolph und ihren Eltern aufgeregt von ihren Erlebnissen.

„Aber im nächsten Jahr fahre ich ganz bestimmt auch wieder selbst mit dem Weihnachtsmann zur Erde!", verkündete Rudolph mit heiserer Stimme.

„Klar doch", stimmte Elvira ihm zu.

Sie nahm sich vor, noch einmal mit der Frau des Weihnachtsmannes zu sprechen. Vielleicht war im nächsten Jahr wieder schlechteres Wetter, und wenn das so war, dann konnte der liebe Weihnachtsmann möglicherweise auch zwei Rentiere vor seinen großen Schlitten spannen, die es ihm mit ihren leuchtenden Nasen erleichterten den Weg zur Erde besser zu finden.

# Alle Jahre wieder...

„Es ist doch jedes Jahr dasselbe", schimpfte Almut am Telefon.

Sie sprach gerade mit ihrer besten Freundin Carla und machte sich tüchtig Luft, weil sich ihre Vorstellungen eines gelungenen Weihnachtsfestes so ganz und gar von denen ihre übrigen Familie unterschieden. Sie wollte es am liebsten allen recht machen, aber gerade das wurde ihr ständig zum Verhängnis. Seit Jahr und Tag hatte sich die komplette Familie in ihrem Haus versammelt. Auch ihr Bruder und seine Frau fanden es prima sich zum Weihnachtsfest wenig Arbeit machen zu müssen und sich stattdessen neben ihren Christbaum und an einen hübschen, festlich gedeckten Tisch setzen zu können. Ihre Schwägerin wäre wohl nie auf die Idee gekommen, die Familie am Heiligen Abend einmal zu sich einzuladen, meinte sie. Natürlich konnte Almut ihre alte Mutter und die Tante, mit der sie inzwischen zusammenlebte, nicht vom Weihnachtsfest ausschließen, so viel stand fest. Aber ihren quengelnden, häufig schlecht gelaunten Bruder und seine Frau, auf die konnte sie getrost verzichten, fand sie. Für diese beiden schien es absolut selbstverständlich, dass Almut es war, die sich jedes Jahr opferte, um ihnen allen ein schönes Weihnachtsfest zu bereiten. Klar, es hatte durchaus hier und dort am Rande des Geschehens auch mit ihren Lieben einige unbedeutende Querelen gegeben, aber das war doch nicht so schlimm, fand sie. Das kam doch in den besten Familien vor. Aber warum wollte ausgerechnet in diesem Jahr ihr Mann „einmal ganz mit Dir allein, und am liebsten unter Palmen" feiern? So ein Unsinn, fand Almut. Das Weihnachtsfest nicht zuhause zu feiern, das kam ihr ganz und gar unmöglich vor, und Dietmar wusste das auch. Sie liebte dieses Familienfest über alles, und auch die arbeitsintensiven Vorbereitungen dafür machten ihr nicht viel aus. Außerdem wusste sie genau, dass sich vor allem die beiden alten Damen schon monatelang auf ihren Besuch hier freuten.

„Die kann und will ich einfach nicht

enttäuschen!", meinte Almut, und Carla stimmte ihr vorbehaltlos zu. Sie sah die Sache ganz genauso wie ihre Freundin. Allerdings hatten sie und ihr Mann keine Kinder und auch keine Verwandten, um die sie sich hätten kümmern müssen – also konnte sie das Ganze nur theoretisch beurteilen.

„Wie wäre es denn, wenn Du Dietmar stattdessen vorschlägst mit ihm zum Jahreswechsel zu verreisen", schlug sie vor.

„Daran habe ich auch schon gedacht", gab Almut zurück. „Wenn ich mit ihm darüber gesprochen habe, sage ich Dir was dabei herausgekommen ist. Er mag meine Mutter und Tante Hertha ja eigentlich, aber dieser ganze Rummel geht ihm einfach auf die Nerven", sagte sie abschließend, bevor die beiden guten Freundinnen zu einem anderen Thema übergingen.

Später besprach Almut diesen Vorschlag von Carla mit ihrem Mann.

„Das ist eine gute Idee", fand er. „Aber

dann sollten wir uns bald darum kümmern, denn sonst bekommt man kein Hotel mehr. Wie wäre es denn zu Silvester mit einem Städtetrip?"

„Ja, darauf können wir uns gern einigen", stimmte Almut erleichtert zu.

„Gut, dann kümmere ich mich darum", versprach Dietmar, bevor er zu seinem wöchentlichen Skatabend aufbrach.

Sie hatte ihr geliebtes Weihnachtsfest wieder einmal gerettet, so dachte Almut. Allerdings nur solange bis sie mit ihren beiden Kindern Sven und Lenja beim Abendessen darüber sprach. Der siebzehnjährige Sven hatte seit einigen Wochen eine Freundin, und er informierte seine fassungslose Mutter darüber, dass er mit Gina und seinen Freunden lieber eine Weihnachtsparty feiern wolle. Schließlich stünde doch ihr Partykeller seit Jahren so gut wie leer, der sollte mal wieder reaktiviert werden, schlug er ihr vor. Außerdem hatte er mit einigen Leuten seiner Clique schon darüber gesprochen, und alle fanden diese Idee supercool.

„Na prima, und wir werden überhaupt

nicht mehr gefragt?", antwortete Almut ärgerlich.

War Sven nicht noch gestern ihr lieber, kleiner Sohn gewesen, der sich über den Auftritt des Weihnachtsmannes gefreut hatte? Das erschien ihr plötzlich gar nicht mehr wahr.

„Ich finde diesen jährlichen Gänsebraten-Overkill auch schon länger nicht mehr toll", schaltete Lenja sich ein, die ihre Lebensweise seit einigen Monaten radikal geändert hatte. Sie fand sich permanent zu fett und wollte von einem Tag auf den anderen kein Fleisch mehr essen; dabei hatte der weihnachtliche Gänsebraten ihr im letzten Jahr doch noch ausgezeichnet geschmeckt.

„Wenn Ihr wieder einen toten Vogel in die Röhre schieben wollt, dann könnt Ihr den allein essen – ohne mich!", verkündete sie trotzig.

Almut war völlig schockiert. Woher hatte ihre Tochter nur solche Redewendungen? Waren denn plötzlich alle total verrückt geworden? Was war nur aus ihren früheren, so schönen Weihnachtsfesten geworden? Sie verstand die Welt nicht mehr! Und wieder war ein Anruf bei Carla fällig. Die tröstete ihre verzweifelte Freundin mit den Worten: „Es ist ja noch eine Weile hin bis Weihnachten, das renkt sich bestimmt alles wieder ein, wart nur ab."

Sicher war das ein gut gemeinter Rat, aber Almut konnte nicht so recht glauben, dass es so sein würde. Daher fuhr sie am nächsten Nachmittag zu ihrer Mutter und besprach ihr Problem offen und ehrlich mit ihr. Tante Hertha war beim Friseur, das traf sich gut, fand sie, und ihre Mutter hatte unerwarteterweise sogar sehr viel Verständnis für die Nöte ihrer Tochter.

„Du hast Dir jahrelang so viel Mühe gemacht, warum sollte das nicht einmal anders gehen?", schlug sie vor. „Wenn Sven unbedingt mit seinen Freunden feiern will, dann gestattet ihm das doch. Aber ich würde ihm die Vorbereitungen für diese tolle Weihnachtsparty allein überlassen, dann merkt er wie viel Arbeit darin steckt. Außerdem muss es ja zu Weihnachten auch nicht unbedingt nur

Gänsebraten geben. Hertha und ich essen ohnehin längst nicht mehr so gern Fleisch wie früher, und für Dietmar kannst Du ja ein Schnitzel braten. Wir Anderen essen einfach einen leckeren Auflauf mit viel Gemüse oder so. Früher ging es doch auch viel einfacher bei uns zu. Weißt Du was, Ihr feiert in diesem Jahr Weihnachten einfach mal bei uns, wie wäre das?"

Almut war erstaunt. „Aber Mama, gerade darum geht es doch, Ihr beide sollt nicht mehr so viel Arbeit haben wie früher. Ihr habt doch immer für uns gesorgt, und ich habe es ja eigentlich auch immer sehr genossen, mal die ganze Familie am Heiligabend bei uns zu haben!"

„Ja, das war auch immer sehr gemütlich und schön, aber mit langjährigen Traditionen kann man auch brechen. Tante Hertha und mir wird es bestimmt zur Abwechslung mal wieder Spaß machen das nächste Weihnachtsfest hier vorzubereiten. Platz haben wir ja genug. Du solltest nur Armin anrufen, und ihm erzählen, was wir besprochen haben, sonst steht er am Heiligen Abend mit Lotte vor Eurer Tür und versteht die Welt nicht mehr."

Bei dieser Vorstellung musste sogar Almut kichern.

„Wenn er und seine Lotte unbedingt Gänsebraten essen wollen, dann müssen sie das zuhause tun, aber ob ich zwei Schnitzel mehr oder weniger brate, darauf kommt es nun wirklich nicht an", meinte sie.

„Na also, dann ist das beschlossene Sache!", freute sich ihre Mutter.

„Oder denkst Du, das wäre Dietmar nicht recht?", fragte sie dann vorsichtig. Sie wollte ihrem Schwiegersohn, den sie recht gern mochte, keinesfalls auf die Füße treten.

„Nein, ich denke, damit kann er leben", beruhigte Almut ihre Mutter sofort.

„Aber, wenn es Euch doch zu viel wird oder ihr Hilfe benötigt, dann sagt es bitte rechtzeitig", bat sie ihre Mutter. „Sollen wir nicht wenigstens für den Nachtisch sorgen?"

„Nein, das überlass in diesem Jahr alles

uns. Ich habe da schon so einige Ideen“, sagte ihre Mutter eifrig.

Damit gab Almut sich zufrieden, aber als sie wieder im Auto saß, kamen ihr doch berechtigte Zweifel ob die beiden alten Damen dieser Aufgabe auch gewachsen waren.

„Wenn es ihnen wirklich Freude macht, dann lassen wir es in diesem Jahr einfach mal so“, fand auch Dietmar, als sie ihm davon erzählte. „Selbst wenn nicht alles so perfekt abläuft wie Du es gern hättest, sei einfach locker und warte ab“, riet er ihr. „Auf jeden Fall feiern wir in diesem Jahr Silvester im Hamburg – da habe ich mir so einiges einfallen lassen, aber das ist Teil Deines Weihnachtsgeschenkes, deshalb frag bitte nicht mehr weiter“, bat er seine Frau.

Also hakte Almut nicht mehr nach, sondern überließ sich ihrem Schicksal.

„Ich finde es super von Deiner Mutter und ihrer Schwester die ganze Familie zu Weihnachten einzuladen“, meinte auch Carla, als Almut ihr davon berichtete.

„Ob das wirklich toll wird, das wage ich

zu bezweifeln", sagte Almut, versprach ihrer ältesten und besten Freundin aber selbstverständlich ihr später von diesem Weihnachtsfest einen genauen Bericht zu geben. Als sie ihren Bruder von der Änderung ihrer Pläne in Kenntnis setzte, war der allerdings weniger erfreut.

„Denkst Du wirklich, die beiden alten Herrschaften kriegen das auf die Reihe?", fragte er. „Und um welche Zeit sollen wir dort sein? Geht Ihr vorher wieder zum Familiengottesdienst? Wir fanden das moderne Krippenspiel im letzten Jahr nicht besonders schön. Ich glaube, das schenken wir uns lieber", informierte er Almut abschließend.

Etwas verärgert legte sie auf. Er hätte sich doch wenigstens danach erkundigen können ob er und ihre Schwägerin der Mutter in irgendeiner Art und Weise behilflich sein könnten, fand sie. Aber schließlich hatten die beiden das in den Jahren zuvor auch nicht getan – sie waren und blieben einfach unsensibel, fand Almut. Oder stellte sie vielleicht an ihre Mitmenschen zu hohe Ansprüche? Lenja fand die Idee ein Weihnachtsfest von Oma und Tante Hertha ausrichten zu lassen ausgesprochen cool. Und je näher das Fest rückte, desto mehr stellte sich heraus, dass etliche der Freunde von Sven doch nicht zu der geplanten Weihnachtsparty kommen mochten. Entweder hatten ihre Eltern schlichtweg etwas dagegen ihre Kinder am Heiligen Abend zu einer solchen Veranstaltung gehen zu lassen oder sie weigerten sich Sven bei den Vorbereitungen zu helfen. Der wiederum wollte keineswegs allein darauf sitzen bleiben. Und als dann auch noch seine Freundin Gina einen Rückzieher machte, und lieber erst an einem der anderen Feiertage oder zu Silvester eine solche Party feiern wollte, reichte es ihm endgültig, und die ganze Sache wurde schlichtweg abgeblasen. Sven war natürlich sauer und ließ seine Eltern das auch spüren, obwohl die ja am wenigsten dazu konnten.

„Nachmittags treffe ich mich aber trotzdem erst mal mit Gina, und vielleicht schaue ich später noch mal bei Oma und

Tante Hertha vorbei" nörgelte er.

„Da bist Du selbstverständlich immer willkommen, aber wenn Du absolut keine Lust hast, kannst Du auch zuhause bleiben", antwortete Almut ein wenig eingeschnappt.

Was konnte sie schließlich dafür, wenn auch für ihren Sohn nicht alles so glatt lief, wie er es geplant hatte. Ihr kam es ohnehin eigenartig genug vor, in diesem Jahr den beiden alten Damen die Planung des Weihnachtsfestes zu überlassen.

Und dann war der Heilige Abend da. Wie in den Jahren zuvor ging Almut mit Dietmar und ihrer Tochter Lenja in den Familiengottesdienst. Aber ihr Sohn Sven schmollte noch immer ein wenig und wollte nicht mitkommen. Armin und Lotte würden direkt in den Sperberweg zu seiner Mutter und Tante Hertha kommen. In diesem Jahr gefiel Almut und ihren Lieben der Gottesdienst wieder sehr gut, und auch das traditionelle Krippenspiel fanden alle sehr gelungen. Dieses Mal durften sogar die Kindergartenkinder mitmachen. So gab es etliche kleine Engel, und auch die Hirtenschar war beträchtlich angewachsen. Jedes Kind durfte einen kurzen Satz sagen, fast alle hatten vor Aufregung rote Bäckchen und strahlten um die Wette.

„Die Kleinen waren einfach süß!", gab sogar Lenja zu. „Da haben Onkel Armin und Tante Lotte wirklich etwas verpasst!"

Almut und Dietmar konnten ihr nur zustimmen, und so saßen sie kurz nach dem Ende des Gottesdienstes alle bestens gestimmt im Auto und fuhren ebenfalls zum Sperberweg. Almut war schon sehr gespannt was sie dort erwarten würde.

Dietmar klingelte, und schon ging die Tür auf.

„Schön, dass Ihr so pünktlich seid", mit diesen Worten wurden sie von Tante Hertha freundlich begrüßt. „Kommt schnell rein, draußen ist es kalt", setzte sie noch hinzu.

Das stimmte. Zudem hatte es sacht zu schneien begonnen. In diesem Jahr hatten sie also richtiges Weihnachtswetter.

„Zieht Eure Mäntel aus und kommt erst

mal rein", bat Tante Hertha.

Dann kam Almut´s Mutter aus der Küche. Sie hatte zur Feier des Tages eine weiße Schürze umgebunden und begrüßte alle mit einem strahlenden Lächeln.

„Armin und Lotte kommen etwas später", meinte sie. „Hertha und ich haben gedacht, wir machen es einfach so wie früher. Also gibt es heute selbstgemachten Kartoffelsalat und Würstchen."

Bei dieser Ankündigung verzog Lenja gleich das Gesicht.

„Ich dachte, wir kriegen ein fleischloses Gericht, Oma", sagte sie.

„Einen Gemüseauflauf habe ich auch im Ofen, der schmeckt Dir ganz bestimmt", beruhigte sie ihre Großmutter. „Und zum Nachtisch gibt's Schokopudding und Bratäpfel mit Vanillesoße. Eines davon magst Du doch sicher oder? Kommt erst mal rein", forderte sie ihre Familie dann auf. „Aber wo ist Sven?", fragte sie ein wenig irritiert.

„Ich denke, der kommt später nach. Er möchte sich wenigstens kurz mit seiner Freundin treffen", beeilte sich Almut ihr zu erklären.

„Der Junge ist fast erwachsen, er weiß ja, dass er jederzeit kommen kann, wenn er mag", antwortete Almut´s Mutter, die sich ihre leichte Enttäuschung in dem Moment nicht anmerken lassen wollte.

Wenig später standen auch Armin und seine Frau Lotte vor der Tür.

„Dann sind wir ja wohl vorerst komplett und können etwas essen", entschied Tante Hertha.

„Wann ist denn Bescherung?", fragte Lenja ihre Mutter leise.

Zuhause hatten sie nach dem Gottesdienst immer erst ihre Geschenke ausgetauscht und dann wurde in aller Ruhe gegessen.

„Wenn Oma und Tante Hertha das so wie früher machen wollen, wird erst gegessen, danach werden im Wohnzimmer die Kerzen am Tannenbaum angezündet, die Weihnachtsgeschichte wird vorgelesen und mehrere Lieder müssen wir auch singen, bevor es Geschenke gibt", erklärte Almut ihrer Tochter.

Und genauso lief der Abend dann auch tatsächlich ab. Nachdem sich alle an der festlich gedeckten Tafel gestärkt hatten, ging die Familie ins Wohnzimmer und bewunderte zuerst den geschmückten Weihnachtsbaum.

„Einen eigenen Tannenbaum hatten wir seit Jahren nicht, für uns allein war das einfach zu viel Aufwand, aber es ist schön, den alten Baumschmuck wieder zu sehen", erzählte Almut´s Mutter.

Der Weihnachtsbaum sah wirklich gut aus. Die alten Kugeln, die Almut seit ihrer Kindheit kannte, funkelten im Licht der Kerzen, und die Strohsterne sahen nach wie vor gut aus. In der Spitze thronte, genau wie damals, der Rauschgoldengel mit den goldenen Locken, den Almut schon als kleines Mädchen immer so bewundert hatte. Eine leichte Rührung stieg in ihr auf, und Dietmar, dem das nicht entgangen war, fasste nach ihrer Hand und drückte sie verständnisvoll. Dann las Tante Hertha, die früher einmal Lehrerin gewesen war, das bekannte Weihnachtsevangelium vor. Anschließend wurden einige der schönen, alten Weihnachtslieder angestimmt, und danach sollten endlich die Geschenke ausgepackt werden. Kurz vorher stieß Sven zu ihnen. Seine Laune hatte sich jetzt erheblich gebessert, weil Gina ihm versprochen hatte, den zweiten Feiertag mit ihm allein zu verbringen. Fürsorglich wurde er gefragt ob er noch etwas essen wollte, das lehnte er allerdings ab.

„Aber Du wirst doch ganz sicher ein Weihnachtslied mit uns singen wollen", bestimmte Tante Hertha energisch, und Sven wagte nicht ihr zu widersprechen. „Welches magst Du denn am liebsten?", fragte sie ihn.

Sven zuckte die Achseln und sah seine Mutter fragend an. Die kam ihrem Sohn zu Hilfe und sagte schnell: „Kommet ihr Hirten, das hast Du doch immer so gern gehabt. Außerdem haben wir das noch nicht gesungen."

Also sangen alle gemeinsam noch dieses schwungvolle Lied, und dann endlich griff Almut´s Mutter nach dem goldenen Glöckchen und verkündete: „So, jetzt ist es Zeit für die Geschenke!

„Als Kinder haben wir immer gewürfelt,

und wer zuerst eine sechs hatte, der durfte sein Geschenk auspacken", erinnerte Almut sich.

„Ja, genauso machen wir es heute auch", bestimmte ihre Mutter und gab zunächst Lenja, als jüngstem Familienmitglied, den Würfel in die Hand. Mit Schwung ließ sie den Würfel rollen und freute sich, als sie tatsächlich eine sechs gewürfelt hatte. Daraufhin durfte sie als Erste zum Weihnachtsbaum gehen, und sich eines der Päckchen, das ihren Namen trug, aussuchen. Gespannt sahen ihr alle zu, wie sie es vorsichtig auswickelte. Dann wurde der Würfel von ihr an Sven weiter gereicht. Am Ende war es durchaus ein etwas ungewöhnliches Weihnachtfest für die Gäste gewesen, aber „irgendwie auch cool", äußerte Lenja sich später. Sogar Sven und Armin mit Lotte fanden nichts daran auszusetzen. Sehr überrascht war Almut, als am Ende des Abends von ihrer Schwägerin der Vorschlag kam, die kommenden Weihnachtfeste doch reihum stattfinden zu lassen.

„Dann hat nicht immer dieselbe Familie

zu Weihnachten den ganzen Stress",
erklärte sie.

Natürlich wurde diese Idee von allen
begrüßt. Und als Almut und ihre Lieben
sich von ihren beiden Gastgeberinnen
verabschiedeten, blinzelte ihre Mutter ihr
verschwörerisch zu und meinte: „Siehst
Du, man muss sich nur trauen, ein wenig
aus der Reihe zu tanzen."

„Da hast Du recht Mama", bestätigte
Almut ihr und lachte.

# Der Tannenbaum

Fast fünfzig sehr glückliche Ehejahre hatte der Himmel Heinrich Knollmann und seiner Ehefrau Magdalene geschenkt. Dafür war Heinrich wirklich dankbar, aber warum musste seine Magdalene nun gerade so kurz vor dem Weihnachtsfest von ihm gehen? Dieses Fest hatten beide immer sehr geliebt, aber in diesem Jahr würde er die Feiertage zum allerersten Mal ohne sie begehen müssen. Heinrich und Magdalene waren überglücklich gewesen, als ihnen nach vielen Jahren vergeblicher Hoffnung doch noch ein Kind geschenkt worden war – Dorothea. Zu ihrer beider Kummer war Dorothea allerdings später mit ihrem Mann nach Australien ausgewandert. Da sie mit ihrem Leben dort aber sehr zufrieden zu sein schien, hatten ihre Eltern sich damit abgefunden. Sie telefonierten recht häufig miteinander und wechselten auch Briefe. Das hieß, seine Magdalene hatte gern geschrieben, Heinrich kritzelte meistens nur einen kurzen Gruß darunter. Dorothea und ihr Mann hatten zwei Kinder, und ihre Enkel hatten Magdalene und Heinrich erst ein paar Mal gesehen. Aber in diesem Jahr wollten sie alle zusammen Weihnachten feiern, hier in Deutschland, das hatte Dorothea ihnen im Herbst geschrieben. Darauf hatten Magdalene und er sich so sehr gefreut! Aber nun hatte ihre Tochter es nicht einmal geschafft pünktlich zu Magdalene's Beerdigung einzutreffen. Als Heinrich Knollmann daran dachte, lief ihm unwillkürlich eine Träne über die faltige Wange, die er ärgerlich fortwischte. Er musste dankbar sein für die lange Zeit, in der Magdalene an seiner Seite sein durfte, und am Ende war es für sie eine Erlösung gewesen heimgehen zu dürfen, auch das war ihm durchaus bewusst. Bei dem Gedanken an dieses erste Weihnachtsfest ohne seine Frau fühlte er sich ganz elend. Aber dann hatte er eine Idee. Einige Tage vor dem Heiligen Abend kaufte er ein winziges Bäumchen, stellte es auf ihrem Grab zwischen den Kränzen auf und schmückte es für sie. Wer weiß, vielleicht hatte

Magdalene, wo immer sie auch sein mochte, doch Freude daran. Morgen war Heiligabend, und gerade hatte er einen Anruf von Dorothea bekommen. Sie und ihre Familie saßen in Frankfurt auf dem Flughafen fest. Wegen des starken Schneefalls ging dort gar nichts mehr. Auch die Bahn hatte ihren Fahrbetrieb vorübergehend eingestellt.

„Es tut mir entsetzlich leid, aber wir kommen hier nicht weg", hatte sie ihm schluchzend erklärt, und Heinrich Knollmann hatte versucht sich seine Enttäuschung nicht anmerken zu lassen. „Ich melde mich, wenn es etwas Neues gibt. In Gedanken sind wir bei Dir!", hatte sie ihm am Schluss des Gespräches versichert. Hier hatte es ebenfalls tüchtig geschneit, und vor allem die Kinder freuten sich, dass es in diesem Jahr endlich einmal wieder weiße Weihnachten gab. Frühmorgens waren die Straßen noch glatt, aber nachdem der Schneeschieber, gefolgt vom Streuwagen, durch den Ort gefahren war, gab es für ihn kein Problem mehr, nach draußen zu gehen, fand

Heinrich Knollmann.

Als der Heilige Abend angebrochen war, hatte seine Tochter am späten Vormittag noch einmal angerufen und ihm gesagt, dass ihr Mann versuchen wollte, für die Familie einen Leihwagen aufzutreiben. Aber auch mit dem Auto würden sie ganz sicher nicht pünktlich da sein können, teilte sie ihm bedauernd mit. Und als die Glocken dann zum nachmittäglichen Gottesdienst läuteten, fasste Heinrich Knollmann einen Entschluss. Er zog sich dick an, packte ein Dutzend Baumkerzen samt Haltern ein und machte sich auf den Weg zum Friedhof.

„Dann feiern wir zwei eben allein Weihnachten, wie schon so viele Jahre lang", sagte er zu Magdalene, während er die Kerzen am Baum befestigte. Danach betrachtete er zufrieden sein Werk und setzte sich auf die kleine, von ihm selbst gezimmerte Bank, die er unlängst neben ihrem Grab aufgestellt hatte. Als die Kirchenglocken nach dem Ende des Gottesdienstes wieder ertönten, zündete er die Kerzen an und setzte sich wieder. Es war zum Glück sehr windstill, und Heinrich Knollmann saß, tief in Gedanken versunken, noch immer auf der Bank, als ihn seine Tochter mit ihrem Mann und den beiden Söhnen, auf seiner Bank sitzend, endlich fanden. Sie waren besser als erwartet durchgekommen, weil die Autobahnen gut geräumt und auch gestreut gewesen waren. Allerdings hatten sie sich Sorgen gemacht, weil ihr Vater nicht zuhause war, zumal sie ihn auch telefonisch nicht erreicht hatten, um ihm ihre Ankunft mitzuteilen.

„Wo kann er nur sein?", hatte einer ihrer Söhne ratlos gefragt.

Auch ihr Mann wunderte sich, dass sein Schwiegervater nicht im Hause war.

„Ich glaube, es gibt außer seiner Wohnung nur einen Platz an dem er sich heute aufhalten könnte", meinte seine Frau, die ihren Vater gut kannte. Also hatten sie sich auf den Weg zum Friedhof gemacht und ihn schließlich auch gefunden. Die Kerzen an dem kleinen Tännchen waren schon fast heruntergebrannt, und bei diesem Anblick stiegen Dorothea Tränen in die Augen. Sie hielt ihre Söhne zurück, die am liebsten sofort auf ihren Opa losgestürmt wären.

„Lasst mich erst einmal allein zu ihm gehen", bat sie.

Als sie auf der Bank neben ihrem Vater Platz nahm, zuckte er zusammen. Er hatte sie bis dahin gar nicht bemerkt.

„Dorothea, wie schön, dass Ihr doch noch gekommen seid!", meinte er. Mehr zu sagen war in dem Moment nicht nötig. Seine Tochter nahm ihn stumm in die Arme, und so blieben die beiden einen Augenblick lang sitzen.

„Die Anderen warten da drüben – darf ich sie rufen?", fragte Dorothea.

„Ja natürlich, verzeih", antwortete er schnell.

Dann raffte er sich auf, um auch seinen Schwiegersohn und die beiden frierenden Enkelsöhne herzlich zu begrüßen. Auch ohne seine Magdalene war er nicht ganz allein auf der Welt; diese Erkenntnis fand er sehr tröstlich.

Die Autorin lebt mit ihrem Mann und Kater Jonny in einer kleinen Kurstadt am Rande des Wiehengebirges.

Wie immer danke ich meinem Mann dafür, dass er auch für dieses neue Buch das Cover gestaltet und die Texte in die richtige Buchform gebracht hat. Als nächstes muss er sich mit der „Oma in Jeans", einem Buch über eine fiktive Enkelin befassen und danach - wie könnte es anders sein – gibt es noch einmal Neues aus der Welt der Katzen.

# Bisher von Brigitta Rudolf erschienen:

**Katze für Anfänger**
Books on Demand, erschienen 2014
ISBN 978 3 735 77431 6

**Jonny Appetito**
Ein Kater, wie er im Buche steht..
Books on Demand, erschienen 2015
ISBN 978 3 734 79132 1

**Pfötchenspuren**
Books on Demand, erschienen 2016
ISBN 978 3 741 288 197

**Kriminelle und andere Machenschaften**
Books on Demand, erschienen 2017
ISBN 978 374 482 341 8

**Katzenträume**
Books on Demand, erschienen 2017
ISBN 978 374 483 296 0

**Weihnachten….alle Jahre wieder**
Books on Demand, erschienen 2016
ISBN 978 374 128 819 7

**Engel trifft man überall…**
Books on Demand, erschienen 2017
ISBN 978 374 601 385 5

**Weihnachtsglück auf leisen Pfötchen**
Books on Demand, erschienen Nov. 2018

ISBN 9783 748 147 152

**Ciao Bello**
Books on Demand, erschienen 2019
ISBN 9783 749 429 349

**Kleine Lebenssplitter**
Books on Demand, erschienen 2018
ISBN 978 3 74 608 9362

**Vier schwarze Pfötchen und ein langer Schwanz…**
Books on Demand, erschienen Sept. 2018
ISBN 978 3 752 888 072

**Wussten Sie, dass Dornröschen eine Katze hatte?**
Books on Demand, erschienen 2019
ISBN 9783 746 091 358

**Zu diesen Büchern finden Sie Leseproben auf meiner Webseite**

**www.brigittarudolf.jimdo.com**.

**Gern können Sie mich auch direkt kontaktieren unter**

**brigitta-rudolf@gmx.de**

229

# Noch eine Bitte zum Schluss....

**Liebe Leserinnen und Leser!**

Wenn Ihnen dieses Buch gefallen hat, dann möchte ich Sie herzlich darum bitten, dieses weiterzusagen, in Ihrem Freundeskreis, auf Facebook oder anderen Medien.

.